DE LA

MORT APPARENTE

ET DES

ENTERREMENTS PRÉCIPITÉS,

PAR

MAXIMILIEN KAUFMANN,

Docteur en Médecine de la Faculté de Paris.

> Il est parfaitement démontré que, des personnes qui ont été regardées comme mortes, sont revenues à la vie, au moment où l'on allait les ouvrir, ou les ensevelir, ou bien lorsqu'elles étaient déjà dans le cercueil et même dans la tombe. On peut assurer que plusieurs d'entr'elles ne sont mortes que pour avoir été enterrées avec trop de précipitation. Cette funeste méprise tient à la difficulté qu'on éprouve dans certaines circonstances de distinguer la mort apparente. ORFILA.

PARIS,

CHEZ VICTOR MASSON, LIBRAIRE,

Place de l'École-de-Médecine, 17.

1851.

DE LA

MORT APPARENTE

ET DES

ENTERREMENTS PRÉCIPITÉS.

Montmartre. Imp. PILLOY, Boulevard Pigale, 48.

DE LA

MORT APPARENTE

ET DES

ENTERREMENTS PRÉCIPITÉS,

PAR

MAXIMILIEN KAUFMANN,

Docteur en Médecine de la Faculté de Paris.

Il est parfaitement démontré que des personnes qui ont été regardées comme mortes, sont revenues à la vie, au moment où l'on allait les ouvrir, ou les ensevelir, ou bien lorsqu'elles étaient déjà dans le cercueil et même dans la tombe. On peut assurer que plusieurs d'entr'elles ne sont mortes que pour avoir été enterrées avec trop de précipitation. Cette funeste méprise tient à la difficulté qu'on éprouve dans certaines circonstances de distinguer la mort apparente. ORFILA.

PARIS,

CHEZ VICTOR MASSON, LIBRAIRE,

Place de l'École-de-Médecine, 17.

1851.

A mon Ami

GEORGE SKENE DUFF,

Membre de la Chambre des Communes

d'Angleterre.

Depuis longtemps on s'est occupé de la mort apparente; mais les auteurs qui ont écrit sur cette matière s'adressent exclusivement aux médecins.

En composant cet opuscule, nous n'avons eu que deux choses en vue : porter l'attention du public sur les derniers moments de la vie, afin de lui faire connaître les mesures à prendre à l'égard des décédés ; puis, montrer combien est insuffisante la vérification des décès, afin d'engager le Gouvernement à construire des maisons mortuaires, seul moyen, dans l'état actuel de la science, de prévenir les enterrements précipités. Nous avons ajouté quelques notions générales pour être mieux compris, et nous n'avons point négligé de profiter des travaux épars ayant plus ou moins de rapport avec le sujet que nous avons traité, persuadé que nous sommes que les vérités utiles ne sauraient être répétées trop souvent.

Paris, ce 20 mai 1851.

AVANT-PROPOS.

La société s'occupe de nos besoins, de nos intérêts, de nos distractions même; notre bien-être et nos passions absorbent toutes les forces de notre âme, et chose étrange, nous ne songeons jamais à un des malheurs les plus terribles qui puisse nous arriver en ce moment fatal où notre corps doit être rendu à la terre, incertains que nous sommes, trop souvent, si la mort a réellement appesanti sa main sur le front de celui qui est réputé avoir cessé de vivre, et qui cependant peut être plongé seulement dans un sommeil léthargique d'une durée plus ou moins longue.

Certes, on ne saurait méconnaître que c'est aux bienfaits d'une bonne police médicale que l'on doit les institutions destinées à prodiguer les secours les plus énergiques aux noyés, aux pendus, aux asphyxiés, à tous ceux enfin qu'un accident malheureux recommande à notre sollicitude; que c'est pour mieux atteindre ce but louable qu'il s'est formé dans plusieurs pays des sociétés philanthropiques, et que l'on accorde même des primes d'une certaine valeur à ceux qui arrachent à la mort quelques-unes de ses victimes; mais la police médicale qui protége l'homme dès sa conception, qui le conduit à travers toutes les phases de sa vie, depuis le berceau jusqu'à la tombe, et qui ne veut pas même s'arrêter à cette dernière limite, quelles mesures *efficaces* a-t-elle prises pour secourir les individus tombés dans une mort apparente à la suite d'une maladie? Qu'a-t-elle fait de *sérieux* pour empêcher qu'ils ne soient inhumés vivants?

Si l'Administration, dans cette circonstance, est restée au-dessous de sa mission, les familles, à leur tour, se rendent plus ou moins coupables à l'égard de ceux qu'elles viennent de perdre.

Ordinairement nous croyons payer à un mort qui nous est cher, le dernier tribut de notre affection, lorsqu'en réalité nous ne faisons que sacrifier à notre amour-propre, à notre vanité : nous voulons qu'il ait un convoi funèbre aussi magnifique que possible; mais cette pompeuse cérémonie l'honorera-t-elle plus que les actions de sa vie? Fera-t-elle qu'il aura été plus vertueux ou moins vicieux? Les apparences peuvent-elles avoir plus de prix, sont-elles une plus grande preuve d'estime, une plus grande marque de regrets, qu'une douleur vraie, profondément sentie et sincèrement exprimée?

Avant que la décomposition eût porté ses atteintes sur la personne décédée, ne serait-ce pas, de notre part, un témoignage d'amour bien plus efficace de lui continuer nos soins les plus tendres et les plus éclairés?

Ne devrions-nous pas, en un mot, agir à son égard, comme si elle pouvait encore se réveiller d'une mort trompeuse? Ne devrions-nous pas attendre, pour la confier à la terre qui la réclame, qu'il n'y eût plus de doute possible, et que des signes extérieurs fussent venus nous prouver que la vie s'est irrévocablement retirée? Que sont vos funérailles magnifiques devant le désespoir de celui que vous avez oublié et abandonné à lui-même dès que l'apparence de la vie l'a quitté, et qui se ranime ensuite au fond de son cercueil pour y mourir réellement?

Si encore cette mort était douce ou rapide, notre conscience, si facile à tout excuser, se tranquilliserait peut-être en disant que le malheureux, dont la résurrection est empêchée, n'aura pas eu, du moins, le sentiment de son affreuse situation; mais il n'en est point ainsi. L'épouvante qui nous saisit lors du passage de cette vie à l'autre, si redoutable qu'elle soit, n'est rien comparativement au réveil dans la tombe; la mort du criminel sur l'échafaud est peu de chose auprès de celle qui nous attend quand on nous a descendus vivants au sein de la terre. Sur l'échafaud, on est préparé au coup fatal; l'amour de la vie est presque paralysé; l'orage de la conscience qu'a élevé le crime commis, s'apaise à chaque pas que l'on fait vers le supplice, et la sympathie du spectateur ne manque pas entièrement au coupable; mais ici, dans la tombe, on est frappé par le bras de la mort, sans aucune utilité, sans aucune nécessité! Et quelle torture que cette agonie! Combien sont longues ces minutes à chacune desquelles se rattache une éternité! Ah! si les tombes pouvaient parler!... Eh bien! nous parlerons à leur place; nous tâcherons de peindre ce tableau avec ses lugubres couleurs.

Venez! soulevez avec moi le couvercle de ce cercueil. Un infortuné y repose seulement depuis quelques heures, et son âme n'était point encore dégagée de sa terrestre enveloppe. En ce moment l'engourdissement se dissipe, les forces vitales endormies se raniment, le cœur reprend ses battements, le visage son coloris, l'âme sa conscience d'elle-même. La première pensée qui se manifeste est un sentiment de gratitude, un élan vers le Créateur, qui lui accorde une nouvelle vie. Mille idées ravissantes se croisent ensuite dans son cerveau : c'est un avenir plein de bonheur, ce sont les cris d'allégresse de ses enfants, c'est la joie mêlée de larmes de son épouse.

Le repos augmente ses forces. Il ouvre les yeux, mais autour de lui tout est obscur et désert. Il appelle : personne ne répond. Il veut porter la main vers les médicaments qui d'ordinaire sont placés auprès de son lit; mais les planches de son cercueil arrêtent l'action de son bras. Il soupire, il pleure, il supplie, il voudrait donner tout ce qu'il possède pour quelques gouttes d'eau. Hélas! ceux qui l'entourent ne peuvent l'entendre ni le secourir. Il palpe sa couche qui lui paraît si étrange; cette couche est dure, froide, humide; il veut changer de position; inutiles efforts.

Il commence à soupçonner son épouvantable situation. Il s'écrie; il appelle ses amis, il les appelle de nouveau; il appelle Dieu; Dieu qui seul peut le sauver. Mais le malheureux, pendant sa vie sur la terre, n'a-t-il pas méconnu l'amour du Père des hommes? C'est alors que viennent l'assaillir les remords, le repentir et la volonté de réparer ses fautes avant de paraître devant le tribunal de la Justice éternelle.

Au milieu de ces tortures morales, l'air de son cachot commence à ne plus lui suffire. Sa poitrine fait des efforts violents mais inutiles de respiration; son visage devient ardent, et sur son front ruissellent de grosses gouttes de sueur; le sang se précipite par tous les orifices naturels de son corps; ses membres sont agités de mouvements convulsifs; l'angoisse l'opprime. Dans son désespoir il parvient à se retourner; il s'arc-boute contre le couvercle de son cercueil; il veut briser les murailles de sa prison; vaine tentative! Furieux, il attente lui-même à sa propre vie qu'il aime tant et qu'il voudrait encore conserver. Il s'arrache les cheveux, se déchire la figure avec les ongles, se mord les bras et se roule dans son sang.

Enfin, épuisé et résigné, il lève la tête, joint les mains et prie Dieu de le sauver, et Dieu le sauve en effet; car bientôt son âme, rudement éprouvée, s'exhale après un dernier cri, après une dernière souffrance, après un dernier soupir.

CHAPITRE PREMIER.

CONSIDÉRATIONS GÉNÉRALES SUR LA VIE ET LES CORPS VIVANTS.

Examinez ce cadavre : il est froid comme le marbre ; les yeux ont perdu leur éclat ; les tempes sont aplaties ; les membres, frappés de raideur ; la peau est privée de son élasticité ; le cœur ne bat plus ; le sang a cessé de circuler ; les poumons ne s'ouvrent plus à l'air ; l'estomac, si actif autrefois, est plongé maintenant dans une inaction complète, et le cerveau, ce temple de l'intelligence et des sensations, ne pense plus et ne sent plus.

Quelques jours plus tard, approchez encore une fois de ce cadavre, et il répandra autour de lui une odeur infecte. Toutes ses parties, naguère si intimement liées, passent à un état de dissolution ; de nouveaux corps se forment, les uns liquides, les autres gazeux, et au bout d'un laps de temps plus ou moins long, selon les circonstances, il n'en restera plus que les ossements, qui, à leur tour, tomberont par la suite en poussière.

Comment auparavant ce corps était-il animé ? Qui l'a maintenu dans son intégrité ? Pourquoi ses muscles se sont-ils contractés lorsque la volonté le leur ordonnait ? Par quel moyen et pourquoi les nerfs pouvaient-ils transmettre au cerveau les impressions qu'ils éprouvaient ? Qu'est devenue cette puissance qui créa des idées ? Quelle force a conservé aux organes leurs formes pendant un si grand nombre d'années ? C'est la vie, cette force subtile qui pénètre tous les êtres organisés. Inconnue dans son essence, elle n'est appréciable que par ses phénomènes. Elle peut cependant exister à l'état *libre* ou à l'état *latent ;* en d'autres termes, elle peut manifester sa présence, dans un corps organisé, par des signes évidents, ou y résider, sans se trahir autrement que par la conservation de ce corps, en le faisant résister aux influences destructives de la nature extérieure, surtout à l'action de la putréfaction et du froid. Un grain de blé, une chenille, un mort apparent, ne se décomposent pas tant qu'ils possèdent quelque peu de cette force vitale, et c'est merveilleux de voir comme elle peut préserver, pendant cent ans, des corps qui ont une grande tendance à tomber en putréfaction.

Quels sont les corps que l'on appelle *vivants ?* Ceux dont l'organisation est telle que chacune de leurs parties constitutives, tout en remplissant une fin particulière, sert en même temps de moyen de conservation à l'ensemble. Chaque feuille d'un arbre est non-seulement un moyen de conservation de l'arbre tout entier, mais aussi elle est la fin pour laquelle il avait été créé lui-même. Notre main, cet instrument si admirable, est composée d'une foule de petits os mobiles dont les uns sont articulés avec les autres; presque chacun d'eux, pour se mouvoir, possède un muscle qui lui est propre; des centaines de nerfs parcourent ces muscles, afin de les rendre sensibles et dépendants de notre volonté; de nombreux vaisseaux leur apportent le sang. Eh bien! coupez les nerfs, et cette main perdra sa sensibilité; ses muscles ne pourront plus se contracter, ni ses os se mouvoir. Empêchez le sang d'y affluer, elle perdra encore sa sensibilité, parce que les nerfs ne seront plus nourris et les muscles désormais ne se contracteront plus, etc., etc. Sans la main, je ne puis porter à la bouche ma nourriture; sans les yeux, sans les oreilles, je ne saurais protéger mon corps contre les dangers qui peuvent le menacer. L'estomac ne digère pas, si le sang ne lui arrive pas; le cœur ne bat plus, s'il n'est animé par les nerfs. Ainsi chacune de nos parties existe par les autres et pour les autres; chacune est en même temps fin et moyen. Que l'on fasse une incision à la peau d'un cadavre, il ne se passera rien, si ce n'est que la putréfaction s'y établira plus vite, parce que l'air extérieur aura accès à cet endroit. Que l'on pratique la même incision sur un homme vivant, il se manifestera des phénomènes tout différents : du sang s'écoulera de la blessure dont les bords deviendront douloureux, rougiront et se gonfleront; au bout d'un certain temps, il se présentera un liquide blanchâtre, du pus. Puis on verra paraître de petits bourgeons charnus auxquels le pus sert d'abord d'enveloppe protectrice ; ensuite il se durcit, se détache, et l'on découvre à l'endroit de la plaie une nouvelle peau, une cicatrice. La plaie était la conséquence de la lésion faite par l'agent extérieur ; la guérison, le remplacement de ce qui avait été détruit, est la conséquence de la force vitale dont le corps est doué. L'ensemble répare ici le dommage fait à une de ses parties.

Non-seulement un seul organe agit pour l'ensemble de l'économie et l'ensemble pour les diverses parties dont il se compose, mais aussi la vie de chaque être a une tendance incessante à opérer son union avec la vie générale de la nature. Ainsi, molécule intégrante du grand organisme, nous vivons dans l'univers et pour l'univers, nous sommes enchaînés avec tout ce qui est vivant.

De même que les divers organes d'un individu maintiennent leur existence par leur liaison avec la nature tout entière, de même la nature organique se perpétue en général par une succession progressive d'êtres dont l'un se développe par l'autre, de sorte que dans les organismes actuels se trouve la raison du développement de ceux qui doivent être engendrés plus tard. En dehors de cette connexion, rien de nouveau ne peut se produire de soi-même.

Le même regard qui, jeté sur la nature, nous fait voir la vie, nous apprend aussi la grande variété et la gradation des êtres animés, depuis cette masse à peine vivante, qui occupe le dernier degré de l'échelle organique, jusqu'à l'homme doué de raison. En parcourant cette longue série, nous remarquons que plus un être organisé est parfait, plus il est animé et plus la quantité et la manifestation de sa vie sont considérables. La vie la plus simple est dans la plante, la plus développée dans l'homme. Mais combien de degrés intermédiaires entre ces deux extrêmes, dont l'un conduit à l'autre par des transitions imperceptibles et successives. Quelle sage répartition dans le monde organique de la somme générale de la vie ! Et pourtant tous les corps vivants ont la même composition fondamentale dans leurs parties constitutives.

Pour compléter ce qui précède, faisons un parallèle d'analogies et de différences entre les plantes et les animaux.

Plus un organisme est simple, plus la vie y adhère, c'est-à-dire moins il est exposé à la destruction de la part des agents extérieurs. Les parties dont il se compose sont, en outre, plus indépendantes les unes des autres, et par conséquent leurs lésions n'entraînent souvent en aucune manière l'altération ou la mort du tout.

Dans les végétaux, par exemple, certaines parties détachées constituent un tout, vivant par lui-même; mutilés quelquefois jusqu'à la racine, ils repoussent encore. Quand un polype est coupé par morceaux, chaque fragment a sa vie propre et devient un animal particulier ; on voit renaître les membres qu'il a perdus. C'est ainsi que la nature protége contre les influences destructives extérieures ces légions de vers et d'insectes désarmés, en leur accordant une vie si profonde et si adhérente ; mais, en revanche, nous y trouvons aussi une manifestation vitale moindre dans la même proportion. Si, dans les organisations simples, la susceptibilité pour les agents extérieurs est plus faible, la réaction vitale est aussi moins forte. Chez les êtres supérieurs, au contraire, nous découvrons plus de manifestation de forces, mais moins d'adhérence de la part de la vie aux organes. Aussi la nature accorde-t-elle aux animaux quelque peu élevés des armes défensives, et y ajoute-t-elle l'instinct de les employer contre tout ce qui peut leur être nuisible. Plus cet instinct est raffiné, moins la nature avait besoin de les munir de moyens de protection. Enfin, l'homme a très-peu d'armes corporelles pour se défendre ; il est beaucoup moins gardé contre les injures extérieures ; mais il a reçu en partage la raison, et celle-ci triomphe de tout. Son organisation étant composée d'instruments nombreux et se combinant entre eux pour former un tout développé au plus haut degré, l'acte vital s'exécute en lui de la manière la plus parfaite. Les substances qui entrent dans son corps sont élaborées avec une délicatesse infinie : moitié matière, moitié esprit, le physique et le moral sont unis en lui merveilleusement.

Un examen plus approfondi encore ne nous montre nullement les végétaux comme des êtres particuliers et isolés de la création animale ; leur organisme est, au contraire, le même que celui des animaux ; il est seulement plus imparfait. Le même principe vital pénètre les deux règnes, mais à un degré différent. Dans les végétaux, la vie est simple ; dans les animaux, elle est plus compliquée. Tous deux présentent les mêmes éléments constitutifs chimiques et des fonctions vitales semblables. La seule différence consiste en ce que les végétaux, à cause de leur organisation plus simple, ont besoin d'aliments moins variés que ceux des animaux. Ces aliments sont l'oxygène, l'azote, le carbone, la lumière, le calorique, l'eau et l'air atmosphérique. Au moyen de ces substances alimentaires empruntées au dehors, se préparent, de la même manière que chez les animaux, par une opération chimico-vitale, leurs divers sucs et leurs éléments constitutifs. Une partie des matériaux introduits dans le corps est employée à la nutrition du corps, une autre en est expulsée. Ainsi le pin laisse transuder une substance résineuse balsamique ; la mauve et la guimauve excrètent une humidité visqueuse. Les plantes ont aussi une respiration : ce sont les feuilles qui, jouant le rôle de poumons, absorbent l'air atmosphérique, décomposent ce fluide dans leur intérieur et laissent dégager d'autres gaz. Un liquide qui monte et descend constitue, dans les végétaux, une espèce de circulation. Comment nier qu'ils possèdent l'irritabilité, se révélant d'une manière si évidente dans le *noli me tangere* et le *mimosa sensitiva?* Il est vrai que, jusqu'à ce jour, on n'y a pas encore trouvé rien d'analogue au système nerveux ; cependant, si des membres détachés d'insectes et d'amphibies exécutent encore des mouvements plusieurs heures après leur séparation, nous trouvons le même phénomène dans les plantes. L'*a*-

verrhoa carambola tremble encore longtemps après qu'il a été détaché du tronc. Mêmes dispositions dans les deux règnes pour ce qui concerne la reproduction; l'un et l'autre ne sont aptes à cette fonction que lorsque leurs corps sont parvenus au dernier terme de développement organique; chez tous les deux il y a une différence de sexe; chez tous les deux naissent des bâtards par l'union d'individus d'espèces différentes; chez tous les deux on trouve des hermaphrodites.

Après ces observations succinctes sur la vie en général et sur l'analogie et la différence que présentent les plantes et les animaux, entrons encore dans quelques détails relatifs aux rapports qui doivent exister entre un être animé et le monde extérieur.

Partout où nous jetons nos regards dans ce vaste champ de la nature, nous trouvons que la vie n'est que la résultante de l'action combinée des forces qui travaillent au dedans et au dehors des organes. Pour qu'un corps vivant puisse se conserver, il faut qu'il reçoive de l'extérieur des substances alimentaires et excitantes; en lui résident les forces qui les élaborent. Nous dirons donc un mot de la nutrition, de la lumière, de la chaleur, de l'air atmosphérique et de l'électricité.

1. *Nutrition.* La nutrition résume les fonctions intérieures; elle a lieu sans cesse. Ce que les aliments renferment d'utile est pris par les vaisseaux absorbants et livré à la substance du corps; ce qui est nuisible ou seulement superflu en est expulsé. Les parties assimilables sont de nouveau sujettes à un tra-

vail incessant de l'acte vital, à une addition et à une soustraction de molécules, au point qu'au bout d'un laps de temps donné, nous ne sommes plus, quant à notre individu matériel, ce que nous étions auparavant.

Les phénomènes nutritifs éprouvent quelquefois des modifications dont nous ne connaissons pas toujours les causes : tantôt ils s'opèrent avec trop de vivacité, tantôt avec trop de lenteur; d'autres fois le rapport qui doit exister entre eux est troublé de façon que la déperdition, par exemple, est plus considérable que la réparation.

2. *Lumière.* Abstraction faite du sens de la vision, la lumière agit aussi sur nous d'une manière générale. L'influence qu'elle exerce sur tous les corps organisés ne saurait être méconnue; elle leur est plus ou moins nécessaire, et les végétaux, aussi bien que les animaux, montrent un penchant particulier pour ce fluide impondérable. Est-il trop abondant, l'acte vital devient trop accéléré; les végétaux se fanent et les animaux tombent malades. Au contraire, par le défaut de lumière proportionnée à l'existence d'un être, la couleur, l'activité et la vivacité qui le caractérisent se perdent encore, et il s'établit en outre en lui une sensibilité et une faiblesse extrêmes. Une privation totale de toute lumière anéantirait le monde organique.

3. *Chaleur.* La chaleur réveille et favorise la vie; plus cet agent incoërcible manque, plus on est près de la mort. Le degré de chaleur qui agit sur un corps vivant est en rapport avec l'organisation de celui-ci; ce rapport est même calculé de la manière la plus ri-

goureuse pour toute la nature. Ainsi, quant à notre globe, il ne lui a été alloué que le degré de température qu'il faut aux êtres qui l'habitent. Les variations de chaud et de froid, ou, pour parler plus exactement, l'augmentation et la diminution du calorique dans l'atmosphère de la terre, ne vont qu'à un point déterminé, fixé d'avance par celui qui a dit : « *Que la lumière se fasse.* »

Une absence totale de chaleur ou un froid absolu, si toutefois on peut se le figurer, entraînerait la dissolution de toute organisation ; il en serait encore de même si la chaleur était portée à son maximum d'intensité. Quelle disposition admirable dans ce monde organique ! tout dépend d'un peu plus ou d'un peu moins. La même substance bienfaisante qui, à un point donné, contribue à développer les êtres vivants, à un degré plus élevé ou plus abaissé, est pour eux le plus grand des moyens destructeurs.

Tous les êtres organisés possèdent une certaine dose de chaleur qui est d'autant plus accumulée en eux qu'ils sont eux-mêmes plus parfaits. La chaleur extérieure vient-elle à baisser au-dessous du degré qui convient à un individu organisé, la chaleur animale, pour obéir à la loi de l'équilibre, diminue également. L'augmentation de la chaleur extérieure s'élève-t-elle au-dessus du degré naturel, la chaleur intérieure s'accumule en trop grande quantité. L'un et l'autre de ces deux modes d'action produisent des maladies et la mort. Cependant, le froid et le chaud, provenant du dehors, ne peuvent, tant que le corps n'est pas privé de vie, agir sur lui que jusqu'à un certain degré; car, aussitôt ce degré dépassé, poussé plus loin que le rapport existant entre l'organisation et les agents extérieurs ne le comporte, le corps ne peut plus être regardé comme vivant. Les minéraux, au contraire, peuvent recevoir tous les degrés de chaleur ou de froid. Dans le premier cas, ils se liquéfient si leur densité ne s'y oppose pas, s'évaporent ou se décomposent; dans le second, ils se condensent. La chaleur naturelle des êtres organisés augmente ou diminue selon que le principe vital est plus ou moins actif; en un mot, elle est soumise aux lois de la vie.

4. *Air atmosphérique.* Ce fluide est pour les êtres vivants non-seulement le premier excitant du principe vital, mais il leur sert aussi comme un aliment qui répare certaines pertes qu'ils éprouvent. L'air s'introduit dans les corps organisés par tous les points de contact qu'ils ont avec le monde extérieur. Plus un corps organisé est parfait, mieux il est disposé pour la réception de cet aliment de la vie. Les animaux supérieurs possèdent un organe spécial pour l'élaboration de ce fluide élastique, les *poumons.*

L'air atmosphérique, d'après les analyses chimiques, se compose de plusieurs gaz dont les principaux sont l'oxygène et l'azote. Le gaz acide carbonique n'y entre que pour une très-minime fraction. Sur 100 parties d'air on trouve en général :

Azote,	79
Oxygène,	21

Tout ce qui trouble cette proportion déterminée, soit

en augmentant ou en diminuant ces éléments, exerce une action pernicieuse sur la vie.

5. *Electricité*. L'électricité mérite une place notable parmi les agents de la vie; elle en fait jouer les fonctions et en augmente l'irritabilité. Mais portée à un degré trop élevé, elle lui est nuisible en effectuant la destruction instantanée des parties constitutives des organes. Il est permis de supposer qu'un défaut ou un degré d'électricité inférieur à celui qui est nécessaire à la conservation des êtres organisés, leur est également préjudiciable. Nous reviendrons plus tard encore une fois sur ce fluide impondérable.

Les notions que nous avons exposées sur la vie se rapportent à ce que les physiologistes ont appelé la *vie végétative*, parce qu'elle appartient aux végétaux aussi bien qu'aux animaux, ou encore la *vie organique*, parce qu'elle ne se révèle que dans les parties intimes des organes. Par son influence, l'animal, que nous avons particulièrement en vue dans ce moment, s'assimile les matériaux qui servent à sa nutrition et chasse ceux qui lui sont étrangers. Par conséquent, la digestion, la respiration, la circulation, les sécrétions, etc., appartiennent à cette vie qui commence dès le moment de la conception et qui n'est interrompue que par la cessation de l'existence. Au contraire, la vie dite *animale*, surtout chez les êtres qui occupent le haut de l'échelle zoologique, se manifeste par une activité dirigée entièrement au dehors; elle entretient les diverses relations qui existent entre un animal et le monde ambiant. En vertu de cette vie, l'animal sent, aperçoit tous les objets qui l'entourent, reçoit les impressions extérieures tout en réagissant sur elles, se meut spontanément, communique par la voix et les gestes ses désirs, ses craintes, ses plaisirs et ses souffrances ; en un mot, il exprime par elle ses sensations et persévère dans la recherche de son bonheur en s'approchant de ce qui lui plaît et en fuyant ce qui lui déplaît. Cette vie est sujette à la loi de périodicité, c'est-à-dire tantôt elle se manifeste, tantôt elle est suspendue comme dans le sommeil.

CHAPITRE II.

VEILLE ET SOMMEIL.

Les animaux ont non-seulement un état d'activité que l'on appelle *veille*, mais encore un autre qui lui est opposé, le *sommeil* (1). Ce dernier état est toujours plus profond et plus long à mesure que l'animal est lui-même plus développé et a mieux conscience de ce qu'il fait. Ainsi, les animaux des classes inférieures dorment d'un sommeil déjà moins distinct ; il est facile de les réveiller. Les oiseaux, au contraire, les mam-

(1) On admet aussi le sommeil des plantes; mais comme elles ne vivent que de cette vie qui nourrit et conserve, l'état de veille est pour cette raison, chez elles, moins distinct de celui du repos. Leur état d'activité n'est en général excité que par la lumière, tandis que l'absence de ce fluide les plonge dans ce que l'on appelle leur sommeil. La plupart des fleurs, à la chute du jour, ferment par conséquent leurs calices, penchent ou enroulent leurs feuilles, et le lendemain matin, en les rouvrant et les relevant, indiquent qu'elles sont réveillées.

mifères et avant tout l'homme, partagent leur vie en deux époques fixes qui reviennent régulièrement, et dont les phénomènes s'annoncent d'une manière nette et bien tranchée. Pendant la veille, l'homme est capable de remplir toutes ses fonctions au plus haut degré de perfection. L'esprit et le corps sont occupés ; ils reçoivent des impressions innombrables au moyen desquelles l'un et l'autre réagissent à chaque instant. La volonté fait travailler les muscles qui lui sont soumis ; la respiration, la circulation, la digestion et les sécrétions sont entretenues et accélérées par divers excitants ; en un mot, l'homme tout entier se trouve dans une tension telle qu'il finit nécessairement par désirer un état à l'aide duquel les forces, mises en jeu par le concours de tant d'agents, puissent se reposer et se recueillir pour recommencer leur œuvre.

Ce repos ne survient pas subitement ; de même que le jour et la nuit se joignent par le crépuscule et par l'aurore, de même les veilles sont *suivies* d'un état particulier qui passe peu à peu au sommeil et *précédées* d'un autre dans lequel l'âme, avant de recommencer ses rapports avec le monde extérieur, n'a pas encore repris toute sa conscience d'elle-même.

Lorsque le sommeil naturel arrive, après nos occupations journalières, nous éprouvons d'abord une fatigue musculaire. L'esprit est épuisé et abattu ; les fonctions intellectuelles languissent ; la curiosité est anéantie ; l'attention est pénible ; la mémoire n'agit plus avec son ordre habituel. Les impressions sur les sens externes sont indistinctes ; nous ne pouvons plus bien lire ; nous éprouvons quelque chose de désagréable dans les yeux; l'image qui se peint sur la rétine n'est plus perçue que confusément ; un peu plus tard la paupière supérieure tombe malgré nos efforts pour la tenir ouverte. Nous commençons à bâiller ; en ce moment, les muscles du corps sont encore plus relâchés ; la tête se penche en avant, et l'individu tomberait à terre s'il était debout. Après la vision, le sens du goût cesse sa fonction ; puis l'odorat, le toucher et enfin l'ouïe, car nous entendons encore la conversation de ceux qui sont près de nous, lorsque depuis quelque temps déjà nos yeux se sont fermés à la lumière. Arrive alors l'instant où, comme dans le délire, la succession de nos opérations intellectuelles devient tout à fait involontaire. Celles-ci sont ensuite à leur tour suspendues, et le sommeil est complet. Dans cet état nos relations avec le monde extérieur sont totalement interrompues ; il en est de même des perceptions, de a mémoire, du jugement, de la parole, etc. Les stimulants appropriés présentés aux sens externes ne produisent plus aucune impression. Rien ne s'agite dans l'esprit ; il n'y a plus de volonté, il n'y a plus d'action. Pendant que la vie *animale* est ainsi suspendue, les fonctions qui président à la vie végétative continuent ; mais elles prennent une marche de plus en plus lente. La respiration se fait par des traits longs et uniformes ; la circulation se manifeste par des pulsations plus distancées ; la chaleur vitale a diminué ; les organes sécréteurs sont plus paresseux ; la digestion, la nutrition et les appareils du système nerveux accusent un travail moins actif.

Mais un sommeil parfait est beaucoup moins commun que celui qui est interrompu par les rêves dans lesquels nous éprouvons une série de sensations, de perceptions et de réflexions absolument comme à l'état de veille. Nous y voyons, marchons, parlons, et nous y exécutons tous les actes ordinaires de la vie. L'esprit raisonne, juge, veut, aime et déteste, quelquefois même à un degré plus vif que si les passions eussent été excitées par leur cause véritable. Cependant, bien que dans les rêves les facultés *internes* soient occupées en plus ou moins grand nombre, l'action des sens *externes* est suspendue : ainsi la volonté ordonne, mais les muscles n'obéissent pas.

La *durée* du sommeil plus ou moins longue selon que le corps est plus ou moins épuisé, a aussi un rapport avec le développement intellectuel et physique de l'individu ; elle est d'autant plus courte que ce développement a fait plus de progrès. Voilà pourquoi l'âge mûr dort moins que la jeunesse ; la jeunesse moins que l'enfance ; l'homme d'esprit moins que l'imbécille.

La *profondeur* du sommeil augmente à mesure que l'individu a conscience de sa vie active et des effets qui en résultent. Celui qui est occupé a un sommeil plus profond que celui qui ne fait rien. Aussi dans la vieillesse, où l'homme devient de plus en plus incapable de travailler, l'état de repos dégénère-t-il en une espèce de demi-veille, l'esprit ne conservant que de légers points de contact avec les impressions qui nous viennent du dehors.

Le but du sommeil une fois rempli, l'homme sort de cet état de repos successivement. L'ouïe se réveille la première ; les autres sens reprennent leurs fonctions dans l'ordre inverse à celui dans lequel ils ont cessé d'agir. L'esprit reçoit de nouvelles idées ; l'imagination se ranime ; le fluide nerveux coule plus abondamment ; les muscles commencent à obéir à la volonté; les extenseurs, vaincus pendant le sommeil par les fléchisseurs, reprennent le dessus; le corps s'étend; l'œil s'ouvre, et nous rentrons par le réveil dans la sphère de l'activité.

CHAPITRE III.

DE LA MORT.

Tout ce qui est vivant s'élève graduellement de quelque chose d'informe à la perfection et descend ensuite, par une dégradation lente et insensible, de la perfection à l'anéantissement ; mais la grande loi du dépérissement exerce des ravages bien plus profonds sur le corps humain lorsqu'il est arrivé à cette époque avancée où les forces vitales sont incapables d'en tenir plus longtemps, sous leur empire, les parties constitutives. La mort naturelle est donc une conséquence de la vie individuelle ; mais nous mourons rarement à la suite de l'usure successive qui frappe les organes alors qu'ils ont rempli intégralement le but qui leur avait été donné. Les influences du monde extérieur, telles que les travaux excessifs, l'intempérance, les vicissitudes des saisons, etc., détruisent la plupart d'entre nous par des chocs plus ou moins rudes, avant notre temps, souvent à la fleur de l'existence.

Lorsqu'un individu est frappé de marasme sénile chacun de ses organes se détache successivement de la communauté harmonique. La chaleur animale diminue; la digestion et la nutrition s'opèrent imparfaitement; la peau a perdu sa souplesse, et sa couleur est devenue jaune-terreuse; la langue et les lèvres sont recouvertes d'une salive muqueuse; les dents sont généralement tombées; la maigreur est très-grande; la débilité des muscles, surtout des extenseurs, est extrême, au point que la tête s'incline sur la poitrine et que le corps se courbe en avant; le sommeil est court et léger, ou bien il y a toujours somnolence. Les sens se détériorent les uns après les autres : la vue, devenue confuse et imparfaite, cesse bientôt tout à fait de transmettre des impressions au centre encéphalique. L'ouïe, le toucher et l'odorat sont annihilés; le goût résiste encore pendant quelque temps. Ce sens est donc comme le dernier fil auquel la jouissance de la vie reste encore suspendue alors que toute autre sensation agréable est perdue et que les liens qui rattachent le vieillard décrépit aux objets extérieurs sont presque tous rompus.

L'inactivité des organes des sens entraîne rapidement celle des fonctions cérébrales. La perception s'émousse; l'imagination devient nulle, car ni l'une ni l'autre de ces facultés ne reçoit plus matière à s'exercer; la mémoire des choses présentes est éteinte; celle d'un passé éloigné est encore assez souvent fidèle. Il en résulte que le jugement du vieillard est conforme aux impressions qu'il a éprouvées autrefois.

Si la diminution des sensations externes détermine une interruption proportionnée des fonctions du cerveau, celui-ci, à son tour, réagit moins vivement sur la locomotion et sur la parole. Voilà pourquoi, indépendamment de la roideur des membres, les mouvements du vieillard sont lents et peu nombreux. C'est à regret qu'il abandonne son attitude habituelle ; assis près du feu qui lui procure une chaleur agréable, il passe, pour ainsi dire, des journées entières retiré en lui-même. Prenant peu d'intérêt à ce qui l'entoure, étranger aux désirs et aux passions, il parle peu, et son bonheur consiste uniquement à sentir qu'il vit encore, perdu qu'il est pour presque toutes les autres sensations.

La mort naturelle est remarquable en ce sens que les fonctions de la vie animale cessent longtemps avant celles de la vie végétative. Cette inégalité de durée de ces deux vies est, jusqu'à certain point, un bien pour l'espèce humaine, puisqu'ainsi l'individu se dégage graduellement des liens qui le rattachent à cette terre et adoucit les regrets de la quitter une fois que l'heure en a sonné. La mort n'est donc redoutable que parce qu'elle termine notre vie animale, et éteint par là toutes les fonctions qui entretiennent nos rapports avec le monde extérieur. Si nous pouvions nous figurer un individu dans lequel la mort, n'affectant que les fonctions végétatives, laisserait intacte la vie des relations, un tel individu verrait approcher avec indifférence la fin de sa vie organique, car il aurait la conscience d'être toujours à même de sentir tout ce qui avait auparavant constitué son bonheur.

Puisque la vie animale cesse par degrés; puisque les liens qui nous rattachent aux plaisirs de la vie sont rompus un à un, le sentiment de ces plaisirs finit à son tour par nous abandonner peu à peu, et nous sommes déjà devenus insensibles à la valeur de la vie avant que celle-ci ne soit terminée par le coup de la mort.

La différence qui existe entre la mort naturelle et celle qui arrive accidentellement, peut être exprimée de la manière suivante : dans la première, la vie s'éteint d'abord dans les parties externes et ensuite dans les organes des cavités, de sorte que la mort marche de la circonférence vers le centre; dans la seconde, au contraire, le point de départ est dans les cavités pour s'étendre de là sur les parties externes, et les phénomènes qui se manifestent alors se passent du centre vers la circonférence.

La mort accidentelle est préparée communément par les habitudes vicieuses de la société et par des dispositions primordiales ; elle a surtout lieu au moment du passage d'une époque de la vie à une autre. Ainsi, l'enfant meurt souvent pendant les premièrs périodes de son évolution, en succombant à l'énergie du principe vital; la jeunesse est enlevée par les atteintes portées aux organes de la poitrine ; mais c'est pendant l'âge mûr et particulièrement dans les premières années de l'époque de déclin, lorsque les organes de la génération doivent fonctionner moins, sinon cesser tout à fait, que la machine humaine reçoit des coups qui entraînent sa destruction.

La mort accidentelle a lieu, soit par la solution fatale d'une maladie plus ou moins longue, soit par une attaque violente dirigée sur l'un des trois centres de la vie. Elle arrive ou par *apoplexie* (1), ou par *asphyxie* (2), ou par *syncope* (3). Bien que les fonctions du cerveau, du cœur et du poumon soient bien distinctes, elles sont pourtant liées par une influence réciproque. L'action de l'un de ces organes est essentiellement nécessaire à celle des deux autres; si donc l'une cesse d'avoir lieu, les deux autres sont arrêtées pareillement, et comme elles constituent le trépied vital auquel aboutissent tous les phénomènes secondaires de la vie, ces phénomènes doivent inévitablement être anéantis à leur tour, et par conséquent la mort générale avoir lieu.

Voici en très-peu de mots le tableau de l'agonie :

Dès son commencement, elle couvre l'œil d'un voile, à travers lequel les images extérieures n'apparaissent plus que confusément. Le bras qui s'étend pour exprimer les derniers adieux tremble et ne suit plus la direction prescrite par la volonté; la parole n'est plus qu'un murmure inintelligible; la salive et les mucosités ne pouvant plus être avalées, s'amassent dans l'arrière-bouche et produisent les râles. Le relâchement des muscles augmente et leurs fibres touchent à la dernière décharge de la force vitale; aussi les

(1) Dans ce cas, le cerveau meurt le premier, puis le poumon, ensuite le cœur.

(2) C'est le poumon qui meurt en premier lieu, puis le cerveau, ensuite le cœur.

(3) Dans ce dernier cas, c'est le cœur qui meurt d'abord, puis le cerveau, enfin le poumon.

membres, lorsqu'ils ne sont pas soutenus, tombent-ils dans la direction que leur donne la pesanteur. Le corps se refroidit, la peau devient insensible, l'œil perd son éclat et sa voussure; la respiration laborieuse est entrecoupée de longues pauses. L'expiration ne suivant l'inspiration qu'à de longs intervalles, il est évident que l'action chimique, qui a lieu dans les poumons, s'opère péniblement. Le cœur bat avec faiblesse, mais avec rapidité; souvent une pulsation manque ; souvent plusieurs sont en retard. La peau devient glutineuse, les lèvres bleuissent, le visage maigrit, les yeux s'enfoncent de plus en plus dans l'orbite, la mâchoire s'abaisse, le nez s'effile et ses ailes se meuvent à chaque respiration ; en un mot, la face devient cadavéreuse. Pendant que tous les sens meurent les uns après les autres, l'ouïe se conserve encore; enfin, la dernière expiration a lieu; le cœur n'a plus de pulsation; le principe vital a quitté le corps, qui désormais devient le partage de la nature inorganique.

CHAPITRE IV.

ÉTAT INTERMÉDIAIRE ENTRE LA VIE ET LA MORT.

Nous venons d'exposer succinctement les phénomènes qui caractérisent la vie et la mort. Disons maintenant un mot d'un état qui, n'étant ni l'une ni l'autre, participe pourtant et de l'une et de l'autre.

C'est d'un point, à peine visible à l'œil armé d'in struments grossissants, que se développent l'homme et ses facultés sublimes. Ce petit point, devenu embryon, ne présente pas un seul phénomène évident de vie pendant les premiers mois de son existence ; ce n'est que par une série de conclusions que l'on peut en quelque sorte prouver que la vie réside en lui. L'embryon n'a conscience ni de sa formation, ni de son accroissement, ni plus tard de sa naissance. Après avoir passé par un degré inférieur de la vie, qui est vie végétative, il s'élève graduellement jusqu'à la dignité organo-animale et atteint, au bout de neuf mois, cette force de vitalité qui est indispensable à la continuation de son être hors du sein maternel. Pendant un certain nombre d'années, l'organisme continue de se développer au milieu des influences du monde extérieur, jusqu'au moment où il commence à se détériorer naturellement ou accidentellement, de telle sorte que l'homme peut revenir petit à petit à ce bas degré de vie végétative qui caractérise l'embryon. Dans cet état, on ne saurait établir, au moyen de signes perceptibles, une ligne de démarcation bien nette entre la vie et la mort; dans cette période intermédiaire, la vie et la mort se touchent, l'une et l'autre existent pour ainsi dire au même degré. On a comparé cet état à celui d'une étincelle qui sommeille dans un corps combustible, étincelle qui peut s'éteindre, ou au contraire, flamboyer de nouveau, aussitôt que la cause qui la tient latente a cessé d'y mettre obstacle. Un grain de blé nous offre un autre exemple de vie latente : qu'on lui fournisse de la chaleur et de l'humidité, et la force vitale se réveillera au point de donner naissance à un nouvel être.

Puisque donc, à l'instar des premiers développements de la vie, les premiers commencements de la dissolution organique sont lents et mystérieux, on ne doit plus regarder la mort comme une métamorphose *subite* par laquelle toutes les fonctions sont *simultanément* détruites, mais comme une transition successive d'un état de vie active à un état de vie latente, ou de mort apparente, et de celle-ci à la mort réelle. Cet état latent, comme nous le prouverons plus tard, portant en lui-même tous les signes de la mort, sauf un seul, il peut en résulter un enterrement précipité, et par conséquent une résurrection dans la tombe. La force vitale est alors refoulée dans les organes les plus profonds, et ne manifeste en aucune manière son existence au dehors. Ce n'est qu'au milieu des circonstances les plus favorables que, dégagée de ses liens, elle peut ranimer le corps frappé de mort apparente.

Si l'homme, par la suspension de quelque fonction essentielle, peut tomber dans une mort apparente, la durée de cette suspension, bien que chez lui plus limitée que chez les autres animaux, n'a pourtant rien de fixe. On a des exemples qui prouvent que, dans des cas de ce genre, la mort apparente a duré plus d'une semaine. Il est remarquable que le sexe féminin est plus disposé à tomber dans cet état que le sexe masculin ; mais en revanche il possède aussi une faculté plus grande d'être rappelé à la vie. Les femmes hystériques, nerveuses, celles qui s'évanouissent facilement, celles qui sont enceintes, etc., sont surtout souvent exposées à être frappées de mort apparente. Les enfants nouveau-nés y sont aussi sujets, et si l'on considère le grand nombre d'entre eux qui sont enlevés par les convulsions et les cas fréquents où des enfants, en apparence morts de cette cause, ont recouvré la vie, on se demandera, avec effroi, combien ne doivent pas avoir été enterrés trop précipitamment à la suite de cette maladie ?

CHAPITRE V.

DES PRÉTENDUS SIGNES DE LA MORT.

Maintenant que nous savons qu'il y a une mort apparente qui d'un côté peut ramener à la vie évidente, et de l'autre conduire à la mort réelle, nous allons exposer les signes au moyen desquels on a voulu caractériser cette dernière. Ces signes sont presque tous la négation de ceux de la vie visible. Bien que réunis ils puissent avoir une force démonstrative suffisante, pris séparément, ils laissent plus ou moins de doute sur la réalité de la mort.

1. SUSPENSION DE LA CIRCULATION DU SANG.

Lorsque la main ne sent plus de pulsations dans les artères ni de battements dans le cœur, on croit en général que le sang a cessé de circuler.

La circulation du sang, étant tout à fait indispensable à la continuation de la vie, ne peut être arrêtée sans que la mort ne s'ensuive. Nous devons donc conclure que, dans les cas où l'on a observé la mort apparente pendant plusieurs jours au bout desquels les fonctions vitales se sont rétablies, il n'y a pas eu un arrêt complet de la circulation; mais que le mouvement du sang s'est opéré si faiblement qu'il était impossible de le percevoir par le toucher ou par l'auscultation, si toutefois on a eu recours à ce dernier mode d'observation. Cependant, pour que la circulation puisse être remise en jeu *ostensiblement*, il faut que les causes, qui ont exercé une influence sur cette fonction, n'aient pas produit une altération notable dans la composition du sang, ni dans celle de l'organisme.

Pour s'assurer de la présence de la circulation, on doit avoir égard à plusieurs circonstances :

a. Il ne faut pas seulement se contenter d'examiner le pouls à l'endroit ordinaire, le poignet; car il arrive assez souvent que l'artère radiale, trop petite, ne se prête pas à ce genre d'exploration. Dans ce cas, il faut en choisir d'autres, telles que l'artère temporale ou les carotides. Ces derniers vaisseaux, d'un plus grand calibre et en même temps plus rapprochés du cœur, peuvent encore participer à une circulation, bien qu'elle soit éminemment faible.

b. Dans les cas douteux, il faut s'assurer de la circulation par un examen direct du cœur, soit en l'auscultant, soit en appliquant la main sur la région de cet organe; on placera en outre le corps horizontalement et un peu dirigé à gauche, afin que les battements puissent mieux se communiquer aux côtes. — Si l'on ne découvre pas les battements du côté gauche, on ne négligera pas d'examiner le côté droit, car le cœur est quelquefois transposé.

2. SUSPENSION DE LA RESPIRATION.

La respiration, qui donne lieu aux changements les plus importants du sang, est si intimement liée à la circulation qu'elles se déterminent réciproquement ; aucune de ces fonctions ne peut être interrompue sans que toutes deux et par suite toutes les autres cessent et disparaissent. Quelque indispensable que soit à l'organisme la respiration, on a néanmoins noté des cas où cette fonction semblait suspendue pendant plusieurs heures et même pendant plusieurs jours, sans que pour cela la vie et l'aptitude à une résurrection eussent été perdues : de nombreux noyés, pendus, congelés, etc., en sont la preuve. Ce phénomène étrange peut s'expliquer par l'existence d'une certaine respiration supplémentaire au moyen de l'enveloppe générale du corps, comme cela a lieu chez quelques animaux inférieurs qui ne possèdent pas d'appareil spécial destiné à agir sur l'air (1).

On a imaginé plusieurs moyens pour se convaincre de la présence ou de l'absence de la respiration dans les cas où il n'y a pas de dilatation visible du thorax, ni de

(1) Cette supposition devient encore plus probable par suite d'une expérience faite sur une marmotte : cet animal hibernant eut, bien que vivant, une respiration invisible ; on le plongea dans un gaz non respirable et il périt.

mouvements de la part des muscles abdominaux. Les plus ordinairement employés sont ceux-ci :

a. La bouche étant fermée, mettre sous le nez d'un homme réputé mort la flamme d'une bougie, ou tout autre corps très-mobile, une plume d'édredon par exemple, ou un morceau de coton, pour conclure ensuite, par les oscillations de ces corps, à la présence de la respiration.

Cette épreuve procure peu de certitude, soit parce que ces corps, si facilement mobiles, peuvent être mis en mouvement par le moindre courant d'air, soit parce que la respiration, surtout pendant le sommeil, se passe chez beaucoup de personnes si doucement que l'on ne pourrait soutenir avec assurance que la respiration existe ou non.

b. Les narines étant fermées, placer devant la bouche un miroir pour conclure, s'il vient à se ternir, à la présence de la respiration.

Cette seconde épreuve ne suffit pas non plus : d'abord, parce que les décédés laissent constamment échapper, par les ouvertures naturelles de leurs cavités, la bouche, par exemple, des liquides volatilisés, lesquels peuvent être moins froids que la surface du miroir et par conséquent la ternir ; ensuite, parce que la surface d'un miroir peut, dans un appartement chauffé, avoir une température égale ou peu inférieure à celle de l'haleine d'un homme mort en apparence, et il arrive alors que le verre ne se ternit pas.

Cette épreuve est encore accompagnée de certaines difficultés. La respiration, dans une situation semblable du corps, peut avoir lieu ou par le diaphragme seul, ou s'opérer, la force vitale étant très-faible et les poumons petits, si insensiblement que la dilatation de ces derniers organes ne se communique ni aux parois thoraciques, ni à la surface de l'eau. Par contre, des gaz contenus dans les viscères creux de la cavité abdominale et agités par la fermentation putride peuvent faire naître des ondulations dans ce liquide; en outre, en plaçant un verre d'eau sur la poitrine, ce liquide exige ordinairement beaucoup de temps avant de se mettre en équilibre, et encore la moindre cause imperceptible peut-elle lui communiquer des mouvements.

3. PERTE DE LA CHALEUR ANIMALE.

Lorsque la circulation et la respiration sont plus ou moins suspendues, la chaleur animale se dissipe d'ordinaire dans la même proportion. Cette disparition a lieu très-vite, comme après la plupart des maladies, ou très-lentement, même dans la mort réelle, lorsque par exemple la température ambiante est très-élevée, ou lorsque la mort est survenue à la suite de ces maladies qui portent une grande atteinte aux forces vitales, comme le typhus, la peste, etc., ou bien encore lorsqu'un individu a été tué par la foudre, par la vapeur de charbon, etc. Cependant, quelque nécessaire que soit la chaleur animale à l'existence et à l'entretien de la vie, un homme, dans certaines circonstances, peut être privé de toute chaleur vitale sans que l'absence

3

de ce fluide impondérable puisse être considérée comme un signe certain de la mort. Car :

1° On connaît beaucoup de cas où des morts apparents, leur corps étant tout-à-fait froid, sont revenus à la vie sans qu'on leur ait porté des secours ;

2° Dans les forts accès hystériques, dans les coliques violentes et autres maladies, nous constatons quelquefois un degré considérable de froid répandu sur le corps tout entier, sans que nous craignions le moindre danger ;

3° On a rappelé à la vie des individus qui avaient séjourné longtemps dans de l'eau presque congelée.

Puisque, d'une part, la chaleur disparaît dans certains cas de mort apparente, et que, de l'autre, elle est conservée pendant longtemps dans la mort réelle après certaines maladies, nous regardons ce signe comme très-équivoque.

4. RIGIDITÉ DES MEMBRES.

Briand, dans sa *Médecine légale,* dit :

« La rigidité des membres est, selon Louis, le plus sûr de tous les signes de la mort. Elle se manifeste, en général, très-peu de temps après la cessation de la vie, et souvent même avant l'extinction de la chaleur. Prompte chez les individus affaiblis par une longue maladie ou par un état adynamique, elle est, au contraire, tardive chez ceux qui ont péri de mort violente, particulièrement chez les asphyxiés par le charbon. Mais on l'observe toujours plus tôt ou plus tard ; et, chez les vieillards, elle se manifeste du moment où cessent les mouvements. Elle persiste communément pendant vingt-quatre à trente-six heures; mais le genre de mort qui en retarde plus ou moins le développement, en prolonge plus ou moins la durée; de sorte que dans l'asphyxie par le charbon, par exemple, elle ne commence quelquefois que quatorze à quinze heures après la cessation de la vie, et peut persister jusqu'au sixième ou septième jour, surtout si la température atmosphérique (qui a toujours sur ce phénomène une puissante influence) est très-sèche et très-froide. La rigidité cadavérique est facile à distinguer de celle qui serait l'effet de la congélation, en ce que celle-ci existe dans toutes les parties du corps, même à l'abdomen qui, à raison de l'état membraneux de ses parois et des viscères qu'il renferme, conserve, dans tout autre cas, une certaine souplesse. D'ailleurs, lorsqu'un membre doit sa roideur à la congélation des fluides contenus dans les tissus organiques, on ne peut en opérer la flexion sans produire un petit bruit que l'on a comparé *au cri de l'étain*, et qui résulte de la fracture des petits glaçons formés dans les vacuoles du tissu cellulaire. La rigidité cadavérique est facile à distinguer de la rigidité convulsive, particulière à certaines affections nerveuses. Dans ce dernier cas, le membre auquel on fait exécuter un mouvement de flexion retourne avec force, dès qu'on le lâche, à la position dans laquelle il s'était roidi. Au contraire, lorsque la rigidité est l'effet de la mort, une fois vaincue, elle n'oppose plus aucune résistence. »

De ce qui précède, et prenant en considération qu'il peut y avoir des maladies articulaires qui rendent difficile, sinon impossible, la mobilité des membres, nous concluons que leur rigidité, prise isolément, n'est en aucune manière un signe de mort auquel on puisse se fier avec assurance, bien que, nous l'avouons, il soit moins incertain que la plupart des autres.

5. PERTE DE LA TRANSPARENCE DE LA CORNÉE.

La cornée reçoit sa transparence d'un corps semi-gazeux et semi-liquide, qui se trouve entre les lamelles dont elle se compose. A mesure que ce corps perd son état semi-gazéiforme pour passer tout à fait à l'état liquide, les yeux se ternissent.

Bien qu'on puisse soutenir avec une espèce de certitude que des yeux ternes soient en général un signe presque concomitant de la cessation de la vie, on ne pourrait, appuyé sur ce caractère seul, assurer, dans beaucoup de cas, d'une manière positive, l'existence de la mort réelle ; car il arrive souvent qu'à l'état de vie, dans les syncopes par exemple, dans les convulsions violentes, dans les frissons fébriles, etc., il se passe dans le corps des changements subits qui sont accompagnés, du côté des yeux, d'une sécrétion d'humeur soit vicieuse, soit trop peu abondante, et par conséquent de ternissure de ces organes.

On a aussi rapporté des cas fréquents de mort apparente où des hommes, malgré la perte de la transparence de la cornée, avaient eu le bonheur d'être rappelés à la vie. Le plus souvent, on trouve un semblable état des yeux chez les congelés et chez les noyés, quand même ces derniers auraient pu être immédiatement sauvés et retirés de l'eau. Par contre, on peut souvent, dans la mort réelle et assez longtemps après l'extinction de la vie, remarquer des yeux clairs et transparents, surtout après une apoplexie cérébrale, après plusieurs maladies chroniques et après la mort qui survient à la suite de la décrépitude sénile.

On peut encore moins prendre en considération ce signe de mort, lorsque les yeux, pendant la vie, ont été atteints de ces maladies qui entraînent l'obscurcissement de la cornée, comme le staphylôme, ou des changements morbides, comme l'hypopyon et le glaucome.

6. DÉFAUT DE SENSIBILITÉ OU D'EXCITABILITÉ DU SYSTÈME NERVEUX A L'ÉGARD DES STIMULANTS EXTÉRIEURS.

Le défaut de sensibilité du système nerveux peut être reconnu lorsque les stimulants des divers organes des sens ne produisent plus sur eux d'impression et n'excitent plus en eux de réaction. Pour se convaincre de la présence ou de l'absence de ce signe, on a proposé plusieurs moyens :

1° D'irriter la cavité nasale au moyen d'une barbe de plume, de sels, d'injections irritantes, etc.;

2° De frictionner avec une brosse ou avec des liquides irritants les endroits les plus sensibles, par exemple la paume de la main, la plante des pieds;

3° De piquer ou couper la peau avec des instruments, de la brûler avec un fer rouge, avec de l'huile bouillante.

Mais quelque avantageux que soient tous ces moyens pour exciter l'action nerveuse, on connait des cas où, après leur application inutile, la personne morte en apparence a éprouvé une résurrection spontanée. Car, bien qu'il soit certain que la vie ne peut continuer, l'excitabilité du système nerveux étant abolie, néanmoins on ne saurait soutenir d'une manière positive que chaque fois que l'application des stimulants extérieurs ne produit plus de réaction se manifestant par un mouvement, toute excitabilité soit déjà éteinte, et avec elle la vie animale. On sait que lors même de la présence de l'excitabilité du système nerveux, il peut y avoir des causes qui, après l'application de stimulants extérieurs, empêchent le cerveau de réagir sur les muscles. C'est ce qui a lieu dans ces cas de mort apparente où le cerveau est fortement comprimé, soit par la dépression d'une partie du crâne, soit par des épanchements dans les ventricules encéphaliques, accidents qui peuvent amener une paralysie générale ou partielle, mais l'une et l'autre passagères. Il peut encore arriver que le système nerveux soit affecté par des stimulants *intérieurs* d'une si grande violence, qu'ils excluent totalement, pendant quelque temps, l'action des stimulants *extérieurs* ordinaires, cas qui se présente surtout dans les fortes commotions cérébrales, dans l'apoplexie, la catalepsie, le tétanos, etc.

7. DISPARITION DE LA TURGESCENCE VITALE; CHANGEMENT DANS LA COLORATION DE LA PEAU ET DANS L'APPARENCE EXTÉRIEURE DU CORPS.

Après la suspension de la circulation, quand même cette fonction ne serait interrompue que depuis peu de temps, il s'établit dans tout l'organisme des altérations qui se manifestent bientôt à sa surface cutanée par des phénomènes nouveaux auxquels nous rapportons la disparition de la turgescence vitale du corps et une modification de son aspect extérieur.

La turgescence vitale, quand l'homme est en pleine santé, provient en partie de la raréfaction du sang, en partie de l'état semi-gazéiforme de la matière perspiratoire qui remplit le tissu cellulaire et communique à toutes les parties molles leur élasticité. La circulation étant suspendue et par conséquent la chaleur animale perdue, le sang se condense et la matière perspiratoire passe à un état liquide qui assez souvent s'accumule très-abondamment dans les cavités splanchniques du corps, telles que les cavités péricardique, péritonéale, pleurale, etc. D'après cela, on peut expliquer aisément pourquoi, après la mort, la couleur de la peau perd sa vivacité et devient pâle; pourquoi les impressions faites avec les doigts ne s'effacent pas; pourquoi le visage s'affaisse; pourquoi le nez s'effile; pourquoi la coloration rouge des lèvres se dissipe ainsi que celle des paupières et de toutes les parties qui sont recouvertes d'un mince épiderme.

Bien qu'il soit certain que tous ces signes accompagnent la mort réelle, on ne saurait, sans restriction, adopter leur présence comme un *criterium* de l'extinction de la vie, puisqu'ils peuvent être aperçus du vivant de l'individu sans que l'on ait le moindre danger à craindre pour lui; exemples : les syncopes, les attaques violentes d'hysterie, etc.

En énumérant les altérations dans l'apparence extérieure du corps, il ne faut pas oublier la stase du sang aux endroits les plus déclives. Les changements que ce phénomène fait naître dans la coloration de la peau établissent, dans la plupart des cas, une assez forte présomption en faveur de la mort réelle; car nous pouvons en conclure, que les vaisseaux ont non-seulement perdu leur excitabilité, mais aussi la plus grande partie de leur élasticité. Voilà pourquoi le sang encore liquide, obéissant à son propre poids, abandonne les parties supérieures du corps et se porte vers les inférieures; voilà pourquoi dans le décubitus dorsal du cadavre, les parties antérieures sont toujours pâles et légères, les postérieures rouges, gorgées de sang et lourdes. Cette hypostase du sang, surtout lorsque cette humeur reste un peu plus longtemps liquide, arrive après certaines maladies et s'étend même chez quelques cadavres jusqu'aux gros troncs vasculaires, ce qui fait que la nuque, l'occiput, tout le dos et toutes les parties postérieures des extrémités deviennent rouges et bleues.

8. CESSATION DES SECRÉTIONS ET DES EXCRÉTIONS.

Quelque nécessaires que soient les sécrétions et les excrétions pour l'entretien de la vie, quelque indispensables que soient les humeurs secrétées pour la nutrition et l'assimilation, on ne pourrait néanmoins s'appuyer de l'exploratien de ces fonctions dans la détermination de la mort, parce que la plupart d'entre elles ont lieu dans l'intérieur du corps et passent par conséquent entièrement inaperçues lors de l'examen d'un individu plongé dans une mort apparente.

9. RELACHEMENT DES SPHINCTERS.

1° *De l'anus et de la vessie.* Plusieurs personnes regardent ce phénomène comme un signe infaillible de mort, bien qu'il n'indique qu'une paralysie de la force musculaire, paralysie qui peut aussi être provoquée au milieu de la vie par la simple prostration d'un de ses facteurs, surtout après de longues et violentes maladies de nerfs. Combien de fois certains malades ne laissent-ils pas échapper, à leur insu, les excréments et les urines, et pourtant ils se rétablissent plus tard.

2° *De la vulve.* Qui oserait se vanter d'avoir le doigt assez exercé pour déterminer exactement le plus ou moins de constriction qu'il faut à ce muscle pour qu'on puisse dire que la mort l'ait relâché et que, par conséquent, la vie n'existe plus?

3° *Des paupières.* Combien de fois, pendant la vie, leur sphincter n'est-il pas relâché dans les paralysies de la face !

4° *De la bouche.* Nous ferons ici la même remarque que nous avons faite au sujet du sphincter de la vulve.

5° *De la rétine.* Dans certaines affections du cerveau, dans quelques empoisonnements, l'iris, qui est le sphincter de la rétine, peut se relâcher, en d'autres termes la pupille peut se dilater. De plus, ce caractère peut ne pas toujours exister; un engorgement de l'iris fera naître le resserrement pupillaire.

On a soutenu que le relâchement simultané de tous les sphincters était un signe certain de mort. Il n'en est pas malheureusement ainsi, car il y a beaucoup d'agonies où tous les sphincters sont relâchés, et pourtant l'individu est encore vivant.

Fothergill avait dit que si l'air injecté par la bouche passait librement par tout le trajet du canal alimentaire, ce phénomène fournirait une grande présomption que l'irritabilité des sphincters *internes* a disparu et que, par conséquent, la vie n'existe plus. Qui, appuyé sur ce fait, voudrait se prononcer sur la réalité de la mort? Depuis quand la paralysie de l'intestin exclut-elle la vie?

10. ABAISSEMENT DE LA MACHOIRE INFÉRIEURE.

Combien d'enfants nouveau-nés, plongés dans une mort apparente, laissent quelquefois abaisser la mâchoire inférieure et reviennent pourtant à la vie après un traitement convenable. Dans la mort survenue à la suite de maladies convulsives, la mâchoire inférieure peut ne pas être abaissée et si cet abaissement, en général, a eu lieu, il disparait en partie ou en totalité par la rigidité cadavérique qui raccourcit les muscles.

11. TACHES CADAVÉRIQUES.

Ce signe ne s'établit que très-tard et manque chez les noyés quand même ils seraient tout-à-fait morts. La ressemblance de ces taches avec celles des maladies éruptives les rendent très-incertaines dans la détermination de la mort.

12. ODEUR CADAVÉREUSE.

L'odeur cadavéreuse est un signe souvent trompeur en ce que l'on n'y attache point une idée bien précise et qu'on la confond quelquefois avec un mélange d'odeurs provenant d'une part de l'air enfermé dans la chambre où séjourne l'individu supposé mort, et de l'autre, des médicaments qui ont éprouvé dans les intestins une action chimique. En outre l'odeur dite cadavéreuse a été observée chez des malades affectés de fièvres typhoïdes graves, auxquelles ils ont survécu. Cette exhalation a quelquefois lieu longtemps avant la mort, et Haller lui-même dit : « Je ne crois pas que la *putréfaction commençante* puisse être prise pour un signe certain de la mort réelle, puisque assez souvent elle existe à un point tel dans l'homme près de mourir que celui-ci a lui-même, au moyen de l'odorat, connaissance de sa fin prochaine. »

Plenk assure que des individus, noyés et foudroyés par une attaque d'apoplexie, ont été rappelés à la vie, bien qu'ils eussent répandu une odeur cadavéreuse, et Thierry observa, chez un garçon malade du typhus, le même symptôme pendant trois jours, même pendant l'époque de la convalescence.

13. APLATISSEMENT DES PARTIES MOLLES SUR LESQUELLES LE CADAVRE REPOSE.

Ce phénomène, recommandé par Blumenbach, ne peut être pris pour un signe certain de la mort; il n'a lieu que lorsque l'individu séjourne sur un plan dur; il n'a pas lieu lorsque la personne morte est restée dans son lit, ou qu'elle a eté émaciée à la suite d'une longue maladie.

14. FLEXION DU POUCE DANS LE CREUX DE LA MAIN.

Ce signe, proposé par le docteur Villermé, consiste à trouver le pouce fléchi et enveloppé par les autres doigts, placés aussi dans la flexion. M. Devergie nie la valeur de ce signe et soutient que s'il accompagne tous les cas de mort, dans lesquels il y a serrement de main, contraction des fléchisseurs des doigts pendant les derniers moments de la vie, dans beaucoup de cas, la mort survient sans entraîner ces mouvements presque convulsifs et que le pouce est alors aussi relevé que les autres doigts.

15. ABSENCE DES CONTRACTIONS MUSCULAIRES SOUS L'INFLUENCE DU FLUIDE ÉLECTRIQUE.

Les muscles ont la propriété, tant qu'ils renferment encore une étincelle de force vitale, de se contracter, il est vrai, à des degrés différents, sous l'application de l'électricité. Lorsque cette contractilité disparait, la destruction de ces organes commence. L'homme n'est donc pas en général véritablement mort, tant qu'il possède encore cette propriété. Cependant elle se perd plus tôt ou plus tard, selon la nature des maladies qui ont précédé et causé la mort. Elle disparait *instantanément* dans la mort par la foudre, *plus lentement* dans la mort par hémorrhagie, par convulsion, etc. Elle disparait dans certaines parties plus tôt que dans d'autres; elle persiste dans quelques-unes avec une certaine énergie, tandis que dans d'autres son action est infiniment faible.

Eh bien! quoique l'électricité soit un excellent moyen de réveiller un homme d'un état léthargique, elle n'est malheureusement pas toujours infaillible. L'expérience a prouvé qu'elle a été impuissante dans des cas où d'autres stimulants ont réussi à rappeler à la vie un mort apparent.

16. PUTRÉFACTION.

De tous les signes que nous avons énumérés, il n'en est pas de plus concluant que la putréfaction, puisqu'elle est le résultat de l'empire que les forces chimiques exercent sur les corps organisés. Cependant il faut le dire, dans beaucoup de cas elle met un assez grand nombre de jours pour se déclarer. Nous avons déjà fait remarquer qu'un commencement de putréfaction se manifestant surtout par l'odeur cadavéreuse (*voir* page 47) n'était pas un phénomène suffisant pour soutenir que la vie avait cessé. Les changements que ce procédé de fermentation produit dans les corps organisés ne sont pas toujours les mêmes ; ils sont plus ou moins influencés par l'âge, le sexe, la constitution, la maladie ou la santé précédentes, la température, l'état hygrométrique et électrique de l'atmosphère, etc. Le cadavre, cependant, éprouve les modifications les plus constantes par le travail de la matière animale elle-même, dont il est composé, matière privée alors totalement de la vie, et dont les éléments, après s'être séparés, vont engager de nouvelles combinaisons.

Au moment où la rigidité cadavérique cesse d'avoir lieu, commence la putréfaction dont nous admettons trois espèces : 1° l'*humide* ; 2° la *gazéiforme ;* 3° la *sèche* ou la *mommification*. Chacune d'elles a ses différents degrés, qui sont surtout bien prononcés dans la putréfaction humide des cadavres exposés à l'air atmosphérique; nous y distinguerons quatre phases.

A. *La première phase* ne forme, à la rigueur, que le passage à la putréfaction et se révèle particulièrement par la cessation de la rigidité cadavérique; les tissus, raides auparavant, deviennent mous et pâteux et conservent les impressions qu'on leur applique. Cette période est encore caractérisée par l'affaissement des yeux, par l'aplatissement et la ternissure de la cornée; enfin, par le changement de la coloration des taches cadavériques, qui prennent alors une teinte bleue-rougeâtre et verdâtre.

B. *La deuxième phase* de la putréfaction humide se caractérise par un léger boursoufflement de la peau, remarquable surtout au visage et au ventre; par la coloration jaune que prend cette enveloppe entre les paupières inférieures et les pommettes; par un relâchement et un ramollissement plus prononcés que dans la première phase, des tissus mous; par une coloration verte et bleue du ventre, notamment aux régions du nombril et des organes génitaux; par la perte de l'uni et de l'élasticité de l'épiderme, qui présente alors au toucher quelque chose de velouté; par le développement d'une odeur de pourri et par la teinte bleue que prennent les ongles des doigts et des orteils.

C. *La troisième phase* se signale par l'affaissement de toutes les parties molles, sauf le ventre qui est, au contraire, plus boursoufflé; par le détachement de l'épiderme; par l'écoulement, à travers les ouvertures naturelles, d'un ichor infect, vert, bleuâtre et noirâtre;

par la rupture de l'abdomen, dont les parois ont une teinte foncée de bleu et vert; par la sortie, hors de cette cavité, d'une grande quantité de ce liquide ichoreux dont nous venons de parler. En même temps, on y voit paraître l'épiploon; les intestins distendus de gaz et les muscles abdominaux qui présentent une coloration bleue et verdâtre. Cette phase se signale encore par la production de beaucoup de gaz infects qui s'échappent de tous les points du cadavre; par la liquéfaction de quelques viscères, tels que le cerveau et la rate : par la dilacération et la perforation des épiploons, du mesentère, de l'estomac et du canal intestinal; par la flexion unciforme des doigts, excepté le pouce qui est dans l'extension; par le rapprochement des orteils; par la dénudation et l'allongement apparent des ongles du côté de leurs racines, et enfin par le décollement successif de ces derniers organes.

D. *La quatrième phase*, présentant la putréfaction portée à son maximum, se distingue par l'affaissement des parties molles et par la perte totale de toutes les connexions organiques; par la chute des ongles; par la cessation de l'écoulement des liquides, et par leur transformation en gaz; par l'absence d'odeur infecte qui, à cette phase, a quelque chose d'ammoniacal.

Les deux autres espèces de putréfaction étant tout à fait étrangères à notre sujet, nous n'en parlerons pas.

Avant de terminer ce chapitre, nous allons résumer, selon leur ordre d'apparition, les altérations que subit un individu qui vient de rendre le dernier soupir, si toutefois rien ne s'oppose à ce que ces altérations se manifestent dans leur ensemble.

Abolition de la respiration, de la circulation et des sécrétions ; insensibilité des organes des sens pour les impressions extérieures ; diminution de la chaleur animale ; pâleur de tout le corps, surtout du visage ; disparition de la turgescence vitale; affaissement des joues et des tempes, et proéminence des os des pommettes et des arcades orbitaires. Nez et menton effilés ; yeux fixes, aplatis, ternes, opaques et comme vitrés. Relâchement des sphincters de la bouche, de l'anus, de la vessie et de la rétine ; défaut d'excitabilité ; absence de contractilité musculaire sous l'application du fluide électrique ; rigidité des membres ; sortie d'une écume blanche hors de la bouche ; froideur de la peau et coloration rouge-bleuâtre du dos et des parties sur lesquelles le cadavre repose. Quelquefois écoulement de matières fécales par l'anus et d'urines par la vessie. Suivent enfin ces phénomènes qui sont accompagnés d'un commencement général de putréfaction et de décomposition de toutes les substances animales, tels que odeur de pourri se répandant au loin ; coloration sale et jaune-pâle du visage et de toute la surface du corps ; tuméfaction du ventre dont la peau est verte et bleue ; perte de la consistance des parties molles ; état pâteux des muscles au toucher; élévation légère de la température du corps et putréfaction complète, accompagnée d'une puanteur insupportable.

CHAPITRE VI.

CONSEILS DONNÉS AUX FAMILLES QUI VIENNENT DE PERDRE UN DE LEURS MEMBRES.

A peine un homme paraît-il avoir rendu le dernier soupir, que la plupart des gens n'ont plus le moindre doute sur la certitude de sa mort. On croit que son âme s'est envolée comme un oiseau s'envole de la cage, et plus on est convaincu de l'absence de la vie, moins on accorde de soins à celui qui est réputé de ne plus exister. Dès ce moment on évite son contact; quelquefois on le relègue dans une chambre isolée, comme un meuble qui ne peut plus servir. La famille est-elle aisée, elle daigne allumer en son honneur quelques bougies, et, pour le garder, on lui donne une vieille femme qui, ayant à peine la conscience de son office, ne fait, la plupart du temps, que dormir ou marmotter machinalement des prières. La famille est-elle riche, on fait laver et habiller le trépassé; puis on le livre à deux gardes, semblables à celle dont nous venons de parler. Au lieu de quelques bougies, on fait allumer autour de lui un si grand nombre de cierges, qu'un homme bien portant tomberait malade s'il restait enfermé dans le même appartement pendant 48 heures. Quant aux malheureux qui expirent dans les hôpitaux, l'infirmier, un quart d'heure après qu'ils ont fermé les yeux, et quelquefois aussitôt après le décès, les descend dans la Salle des Morts, froide comme la glace, et là tout nus, recouverts d'un châssis et sans surveillance, ils attendent ce que le sort leur a réservé.

Cette conduite à l'égard des décédés, malgré l'horreur naturelle qu'ils peuvent inspirer généralement, n'est pas justifiable; elle est même cruelle. Celui que vous croyez mort ne peut-il pas n'être que plongé dans un sommeil léthargique? Ne le traitez-vous pas alors comme s'il lui était défendu de rentrer au sein de la vie? Quand on a été témoin de l'empressement plein d'affection de la part des parents et des amis pour rendre au malade les derniers moments de sa vie aussi doux que possible, il est difficile de comprendre l'espèce d'indifférence qu'ont pour lui ces mêmes personnes une fois qu'il est supposé mort, et si on lui accorde quelque attention, elle lui est plus nuisible que salutaire (je raisonne toujours dans l'hypothèse d'une mort apparente). Ainsi, on lui ferme la bouche, et par là, on interdit à l'air une porte d'entrée aux poumons; on lui ferme les yeux, et par là on cache toute manifestation de vie qui pourrait se déclarer dans les traits de la face; quelquefois il faut qu'il quitte son lit encore chaud, pour être couché sur un matelas ou sur un sommier, et on éteint en lui, par l'abaissement de la température, les faibles restes d'une vie latente; en un mot, on dissipe les dernières ressources que la nature nous réserve pour apercevoir et pour ranimer une vie encore existante ou possible.

Au milieu de ces traitements dénués de bon sens, et dont nous aurions pu citer encore plusieurs autres exemples, on peut supposer que plus d'un homme, plongé seulement dans une mort apparente, a été enlevé à la société dans un moment où des soins éclairés auraient pu encore le sauver. Pour remédier à ce grave accident, pour empêcher une apparence de devenir une réalité, nous allons faire connaître les points essentiels que toute famille doit savoir mettre en pratique à l'égard de celui qu'elle vient de perdre après une maladie plus ou moins longue.

1° Chaque fois qu'un homme vient d'expirer, on ferait bien de douter de sa mort, de le regarder et de le traiter encore pendant quelque temps comme un individu vivant. S'il est réellement décédé, cette conduite à son égard ne le rendra pas plus malheureux ; s'il est seulement plongé dans une mort apparente, il pourra lui arriver le bonheur inappréciable d'être rappelé à la vie.

2° Tout individu réputé mort doit rester dans le lit où il a rendu le dernier soupir, jusqu'à l'arrivée du médecin chargé de constater le décès.

3° On ne lui couvrira pas la figure ; on ne lui fermera pas la bouche en relevant la mâchoire inférieure ; qu'elle soit, au contraire, entr'ouverte ; il en sera de même des paupières ; qu'aucune partie du corps ne soit gênée ; que surtout aucune ligature ne serre le cou.

4° On n'enlèvera pas l'oreiller ni le traversin sur lequel repose la tête du mort ; qu'elle soit au contraire dans une position un peu élevée.

5° On ouvrira de temps à autre une fenêtre, tout en prenant soin qu'il n'y ait pas de courant d'air.

6° Aussitôt qu'un individu vient de mourir, on ferait bien de ne pas laisser dans l'appartement un trop grand nombre de personnes : l'air s'y corromprait plus vite. Cet appartement doit être modérément chauffé en hiver pendant tout le temps que la putréfaction du corps n'a pas encore commencé à manifester ses phénomènes incontestables.

7° Une garde de confiance restera *continuellement* auprès du cadavre supposé, pour l'observer *avec attention.*

8° Si la personne réputée morte donnait le moindre signe de vie, il faudrait, sans retard, faire venir un médecin, pour qu'il pût employer les moyens convenables dont nous parlerons plus bas.

9° Si la personne est du sexe féminin, il faudra redoubler de surveillance dans le cas où elle serait enceinte et surtout lorsqu'elle a expiré au milieu du travail d'enfantement. La même attention est nécessaire si l'individu supposé mort est tombé dans cet état à la suite d'une hémorrhagie, d'une syncope prolongée, d'une attaque nerveuse, d'une apoplexie, ou encore après une surexcitation morale violente.

10° Si l'individu censé mort est de la classe des paysans, on fera enlever de la chambre, dans laquelle il restera jusqu'à l'inhumation, toute espèce de provisions, telles que pommes de terre, carottes, navets, etc. Cet inconvénient a souvent lieu à la campagne; il ne faudra pas non plus que l'on y sèche du linge.

11° Pour corriger l'odeur d'un appartement dans lequel séjourne une personne supposée morte, on versera de temps à autre un peu de vinaigre sur une pelle chaude. Au milieu de l'été, lorsque la chaleur est grande, on arrosera, vers l'heure de midi, la chambre avec de l'eau.

12° L'individu réputé mort ayant séjourné de 16 à 18 heures dans son lit, on pourra, s'il n'y a pas contre-indication, le faire porter dans une autre chambre aussi modérément chauffée. Il faut que les mouvements qu'on lui imprime pendant ce déplacement soient aussi doux que possible ; car un rien suffit dans cette circonstance pour transformer une mort apparente en une mort réelle. Le cadavre placé sur sa nouvelle couche y doit être surveillé avec la même attention jusqu'à ce qu'on le mette en cercueil. Ce cercueil restera ouvert, et le corps n'y sera pas moins gardé jusqu'au moment où l'on procédera à l'inhumation.

DISPOSITIONS ADMINISTRATIVES CONCERNANT LES FAMILLES.

a. Il ne pourra être procédé à l'inhumation du corps qu'après 24 heures expirées depuis la déclaration du décès faite à la mairie, à moins qu'il y ait dissolution commencée et constatée par le médecin-vérificateur. (Code civil, art. 97.)

b. La déclaration du décès sera faite par les deux plus proches parents ou voisins de la personne décédée, dans les 24 heures. (Loi du 20 septembre 1792.)

c. L'ensevelissement des corps des décédés, leur mise en bière, et en général toute disposition dont un corps pourrait être l'objet, ne devront avoir lieu qu'après l'expiration complète de 24 heures à partir de la déclaration du décès, à moins qu'il y ait dissolution commencée et constatée par le médecin-vérificateur. (Arrêté du Préfet de la Seine, du 25 janvier 1845.)

CHAPITRE VII.

VÉRIFICATION DES DÉCÈS.

Le but que l'on doit atteindre par l'établissement de médecins-vérificateurs des décès est de s'assurer au *moyen d'expériences,* si un individu est ou non réellement mort. Quelque utile que soit cette institution, on ne saurait soutenir qu'elle remédie entièrement à la possibilité d'être enterré vivant : car l'examen du corps ne sera jamais fait avec une telle sévérité qu'on puisse accorder au résultat de cet examen une confiance pleine et entière. Au contraire, il est malheureusement trop connu que cette vérification n'a été faite jusqu'à présent, à Paris, qu'avec négligence, au point qu'un arrêté du Préfet de la Seine, du 15 avril 1839, portant création d'un comité d'inspection pour la vérification des décès, dit nettement :

Considérant que des doutes se sont élevés sur la manière dont se fait le service de la vérification des décès dans la ville de Paris, etc.

Cette négligence est encore blâmée dans une circulaire adressée par le Préfet de la Seine, le 25 juillet

1844, à MM. les maires des arrondissements de Paris, et contenant les instructions sur la vérification des décès.

Il y est dit :

J'ai su que des médecins-vérificateurs se contentaient quelquefois de découvrir la face du décedé et de déclarer, sur les seuls indices qu'ils y découvraient, que la mort était réelle. Mais ce n'est pas ainsi que la loi a entendu que les visites devaient être faites ; et une manière de procéder aussi incomplète, indépendamment de ce qu'elle est insuffisante pour la constatation des décès, etc., etc.

Mais la vérification fût-elle faite avec un scrupule religieux, elle ne pourrait encore, par sa nature même, procurer un moyen préservatif sûr contre le danger d'une inhumation précipitée, la réalité de la mort ne pouvant être admise que quand on a reconnu les phénomènes qui la caractérisent, et nous avons dit que ces phénomènes, sauf un seul, la putréfaction, n'étaient pas infaillibles. La science la plus étendue du médecin le plus instruit et le plus expérimenté, ne suffit pas pour distinguer *d'une manière absolue* la mort apparente de la mort réelle, et si ce médecin est en même temps consciencieux, il doit avouer que la mission dont il est chargé par le gouvernement ne peut être remplie selon toute sa rigueur (1). Toutes les consta-

(1) On a prétendu tout récemment que l'auscultation du cœur fournissait un signe infaillible de la mort : si l'oreille, disait-on, peut entendre les battements de cet organe, l'individu est vivant ; si, au contraire, elle ne les sent plus,

tations des décès signées par les médecins-vérificateurs ne reposent donc, si la putréfaction ne s'est pas encore déclarée, que sur des probabilités, et un citoyen, dans l'état actuel des choses, est obligé de laisser enterrer ses parents, son frère, ses enfants, son épouse, parce qu'il est *probable*, même très-*probable* qu'ils soient morts.

L'Administration, persuadée des erreurs ou plutôt de l'insuffisance de la science, et voulant de plus avoir une garantie de l'exécution du régime de la vérification des décès, institua les médecins-inspecteurs, tenus d'opérer chaque jour, au domicile des décédés, un *certain nombre* de visites spontanées, de prescrire et

l'individu est mort. Non, l'individu n'est pas mort tant qu'on peut apprécier les battements du cœur, quelque faibles qu'ils soient; mais nous ne croyons pas d'une manière absolue, que l'individu n'est pas vivant, parce qu'on n'a pas entendu ces battements. Combien de causes peuvent, dans certaines circonstances, empêcher le médecin d'entendre ces battements, causes dont les unes sont inhérentes à l'observateur, et les autres au patient!

La *Gazette médicale de Paris*, dans son compte-rendu de la séance de l'académie de médecine du 25 mars 1851, dit ce qui suit : M. Girbal, chef de clinique médicale de la Faculté de Médecine de Montpellier, adresse une note sur un cas de mort apparente. Il s'agit, dans cette communication, d'une jeune personne qui, à la suite d'accidents variés (hémoptysies, spasmes, syncopes, etc.), consécutifs à la suppression du flux menstruel, fut tout à coup considérée comme morte par les assistants. Il y avait plusieurs heures qu'on la croyait morte, lorsque M. Girbal fut appelé auprès d'elle. Entre autres signes de mort ou réputés tels, M. Girbal cond'*employer même tous les moyens de l'art* pour essayer de rappeler la vie dans les cas où la mort ne leur paraîtrait pas bien certaine. Mais en quoi diffère *essentiellement* l'inspection telle qu'elle se fait, de la vérification? Quels moyens l'inspecteur emploie-t-il pour s'assurer que le vérificateur s'est bien acquitté de sa mission? Selon nous, il faudrait un nouveau vérificateur pour surveiller à son tour l'inspecteur, car l'un et l'autre agissent de la même manière, c'est-à-dire ils ne font rien. L'un et l'autre ne font que des visites oiseuses, ne remplissent qu'une vaine formalité; l'un et l'autre croient avoir accompli leur tâche, lorsqu'ils ont jeté un coup d'œil indifférent et rapide sur le cadavre.

stata la *flaccidité* des globes occulaires, avec pâleur et affaissement des joues; perte absolue des mouvements et de la sensibilité; absence du pouls; refroidissement du corps. Enfin l'auscultation de la région précordiale, pendant *une ou deux minutes*, ne fit percevoir aucun battement; on ne percevait pas non plus le moindre mouvement diaphragmatique.

De l'ammoniaque, présenté sous le nez de la malade, des frictions et l'application d'un large sinapisme sur la région précordiale, parurent sans résultat. Cependant, une demi-heure après la constatation de cet état, cette demoiselle revint à la vie.

L'auteur déduit de cette observation : 1° l'insuffisance des signes immédiats de la mort; 2° l'efficacité d'une médication fortement excitante en pareil cas ; 3° le danger des inhumations lorsque la mort n'a pas été *sérieusement* constatée; 4° l'impérieuse nécessité de l'organisation de services *réels* de médecins chargés de la vérification des décès (Comm. par Adelon).

L'Administration devrait les obliger, sous peine d'amende et de destitution, de faire, l'un après l'autre, sur les personnes réputées mortes, des *épreuves propres à les rappeler à la vie.*

Voici, du reste, les expériences auxquelles il faudrait avoir recours, expériences dont quelques-unes réunies peuvent réveiller un homme plongé dans un sommeil léthargique, sans que cependant, si elles manquent leur effet, on puisse conclure que ce même individu soit réellement mort. Plusieurs d'entre elles, par exemple l'électricité, peuvent, pendant quelque temps, faire naître une réaction, bien que la mort soit véritable ; par contre, les excitants les plus énergiques peuvent souvent rester sans résultats là où la vie n'est pas encore éteinte, mais où l'excitabilité est si faible que toute manifestation de sa part ne produit plus d'impression sur nos sens.

CHAPITRE VIII.

TENTATIVES DE RÉSURRECTION.

En faisant des tentatives de résurrection, il faut en premier lieu procéder avec précaution, ne pas se précipiter et éviter tous les moyens violents. La chambre dans laquelle le médecin tente les expériences ne doit pas être encombrée de témoins; cependant la présence de quelques-uns est nécessaire afin que ces expériences puissent être continuées sans interruption; car souvent on ne réussit qu'au bout de quelques heures à rallumer l'étincelle vitale. L'air de la chambre doit être pur, la température modérée. Qu'on prenne toujours en considération, dans le traitement de la mort apparente, la cause qui l'a produite, c'est-à-dire la dernière maladie. Pour procéder à ces expériences on choisira un lit accessible de tous côtés. On y couchera le décédé en prenant la précaution de donner à sa tête une position un peu élevée. Le rétablissement de la respiration et de la circulation, ainsi que l'excitation du système nerveux, seront les indications thérapeutiques les premières à remplir.

1. INSUFFLATION D'AIR DANS LES POUMONS.

C'est l'amour maternel qui, dans son désespoir, a inspiré ce moyen pour ranimer un enfant chéri, et l'opération se pratiqua alors de bouche à bouche. La médecine s'empara de ce procédé lorsque la physiologie eut reconnu le rapport intime qui existe entre la respiration et les autres fonctions de la vie.

Pour introduire le plus commodément l'air dans les poumons, il faut se servir d'un petit soufflet auquel on adaptera, au moyen d'une vis, un tuyau élastique se terminant par un bouton d'ivoire d'une forme conique, si l'on veut faire passer l'air par l'une des narines; ou bien par un tube de forme cylindrique et d'un petit calibre, si l'instrument doit pénétrer par la bouche jusqu'au larynx. Quel que soit le mode d'introduction de l'air, chacune des ouvertures respiratoires naturelles doit être fermée par des aides, afin que ce fluide ne s'échappe pas avant d'avoir été mis en contact avec les poumons. Imitant ensuite l'inspiration, on fait, tout en déprimant légèrement le larynx, pour empêcher l'air d'entrer dans l'estomac par l'intermédiaire de l'œsophage, on fait, dis-je, jouer le soufflet par saccades, doucement et régulièrement, afin de ne pas distendre les cellules pulmonaires au point de les déchirer. Si la poitrine s'est soulevée (ce dont on peut s'assurer en mesurant sa circonférence avant et après l'insufflation), on attend quelques secondes, et un aide se met à déprimer avec la paume de ses mains les cartilages des dernières vraies côtes et la région supérieure du ventre, soit pour expulser l'air des poumons, soit pour pousser vers les mêmes organes le sang qui est stagnant dans le ventricule droit du cœur et dans l'artère pulmonaire. Puis on insuffle une nouvelle quantité d'air afin de le chasser de nouveau des poumons, et ainsi de suite, jusqu'à ce que le cœur commence à battre d'une manière appréciable à l'auscultation ou au toucher, ou que l'on ait acquis la certitude qu'il est impossible de rappeler la vie par ce mode de procéder.

2. FRICTIONS.

C'est un des premiers moyens dont on se soit servi pour ranimer les morts apparents. Les effets généraux de ce moyen consistent :

1° A produire de la chaleur d'une manière mécanique ;

2° A agir sur les terminaisons cutanées des nerfs qui sympathisent avec les principaux organes des cavités splanchniques ;

3° A entretenir la liquidité du sang veineux et à en favoriser la circulation.

On frictionnera surtout les bras, les cuisses, les jambes, le ventre, la poitrine, le creux de l'estomac, l'épine dorsale et la plante des pieds. On peut commencer par les extrémités où la circulation est constamment plus faible. Les corps frottants, préalablement chauffés, devront être d'une dureté plus ou moins considérable, selon que la partie du corps que l'on veut frictionner est recouverte d'un épiderme plus ou moins épais : ainsi la friction de la plante des pieds se fera le plus efficacement avec des brosses dures, tandis que la friction de la poitrine s'effectuera mieux avec de la flanelle.

Les frictions devront être douces au commencement ; de plus en plus fortes ensuite, jusqu'à ce que la peau soit devenue rouge. Pour augmenter leur effet, on y associera encore d'autres moyens : ainsi on trempera le corps frottant dans une solution de sel, dans l'eau-de-vie, la moutarde, le vinaigre concentré, ou enfin dans un liquide aromatique quelconque. Souvent on pourrait frictionner simplement avec la main, dont la chaleur naturelle serait ainsi communiquée au patient par un contact non interrompu avec sa peau.

3. MOUVEMENTS IMPRIMÉS AU CORPS.

Pour produire des mouvements un peu prononcés, il serait convenable d'employer deux personnes dont l'une fixerait les jambes, tandis que l'autre, à plusieurs reprises, lèverait jusqu'à une certaine hauteur et baisserait ensuite la tête et les épaules de l'individu supposé mort. Les secousses qui seraient ainsi communiquées au cœur et aux autres organes internes serviraient à mettre en mouvement le sang qui est stagnant, à ranimer les oscillations des fibres et à rouvrir les sources cachées de la vie. On pratiquerait en même temps alter nativement la flexion et l'extension des membres; on placerait la personne frappée de léthargie tantôt sur le côté gauche, tantôt sur le côté droit. Cependant il ne faut pas agir trop brusquement, mais avec calme et prudence.

4. AGENTS IRRITANTS APPLIQUÉS SUR LES ORGANES DES SENS.

Aucune partie du système nerveux n'affecte autant le cerveau que les nerfs des quatre sens dont le siége est à la surface de la tête.

C'est surtout le nerf olfactif auquel on a recours pour ranimer un mort apparent. A cet effet on introduit dans la cavité nasale des sternutatoires de différente nature, telles que les poudres de *tabac*, de *poivre*, d'*arnica*, de *marum verum*, de *origanum majorana*, de *veratrum album*, de *nigella sylvestris*. Si le sommeil léthargique est venu à la suite d'un accès d'hystérie, on ferait bien de se servir de l'ammoniaque, de la teinture d'assa fœtida, de l'huile animale de Dippel. Le chatouillement mécanique de l'intérieur du nez avec une barbe de plume ou avec un petit pinceau trempé ou non dans de l'ammoniaque a suffi quelquefois pour rappeler la vie. La vapeur de chlore peut, dans certaines circonstances, être également trés-utile.

Si l'on veut irriter le sens du goût, il faut non-seulement mettre en contact les nerfs de la langue avec des substances sapides, mais aussi toucher le voile du palais et surtout la base de la langue avec un pinceau trempé dans une solution très-amère, comme celle de coloquinte.

On ouvrira les yeux pour les exposer à l'action de la lumière naturelle ou artificielle.

Pour impressionner l'audition, on appellera à haute voix le mort par son nom ou on prononcera les noms de personnes ou d'objets qui lui étaient chers; s'il était amateur de musique, on pourrait lui faire entendre son instrument ou son morceau favori; un grand bruit pourrait produire un effet heureux. De temps à autre on ferait sonner une trompette tout près de l'oreille.

Le toucher est, à la vérité, répandue sur toute la surface du corps; mais il y a certaines parties qui, plus que d'autres, sont douées d'une sensibilité exquise et c'est sur celles-ci que l'on doit particulièrement diriger les excitants que l'on veut appliquer sur ce sens. On chatouillera la plante des pieds; on battra la paume des mains; on posera des ventouses sèches aux mamelons ou à la poitrine en général; un vésicatoire à la nuque, au dos; on arrachera des cheveux et des poils, on enfoncera des instruments pointus sous les ongles; on brûlera de petits morceaux d'amadou ou de coton trempés dans l'esprit de vin et placés sur le creux de l'estomac, sur les cuisses et sur les bras; on approchera un fer rouge de la plante des pieds; on laissera tomber sur la peau du ventre des gouttes de cire à cacheter enflammée, etc. Les aspersions d'eau froide sont très-utiles lorsque la mort apparente est survenue à la suite d'une syncope prolongée; à cet effet on remplira un verre ordinaire de table et on lancera, d'une certaine distance et avec force, le liquide à la figure ou à la poitrine. On essuie ces parties et l'on recommence. Un autre excellent moyen, c'est de tremper un bout de serviette dans l'eau froide et de donner avec ce linge mouillé à l'homme tombé en léthargie des soufflets sur les joues.

5. ACUPUNCTURE DU COEUR.

Cette méthode consiste à introduire une aiguille à acupuncture dans le cœur ou encore mieux dans la pointe de cet organe.

Comme, au moment de la mort, la dernière trace de l'excitabilité se réfugie dans le cœur (*cor ultimum moriens*), si cette propriété vitale y subsistait encore, elle pourrait se ranimer à l'acupuncture de cet organe qui, au contraire, ne manifesterait aucun mouvement quand l'étincelle vitale serait entièrement éteinte.

L'expérience n'a pas encore répondu d'une manière satisfaisante au sujet de ce moyen de résurrection.

ÉLECTRICITÉ.

De tous les agens stimulants dont nous nous servons pour ranimer un mort apparent, il n'y en a pas de plus puissant que le fluide électrique. Dans son application il a encore les avantages suivants :

1° D'aller droit au centre de la vie ;

2° De ne pas être restreint à un organe spécial de réception ;

3° De ne laisser, étant employé avec prudence, dans les tissus à travers lesquels il chemine, aucune trace qui puisse leur être nuisible ;

4° De ne pas agir sur eux au-delà du temps nécessaire pour opérer le réveil d'un mort apparent ;

5° De produire ses effets avec une rapidité qui dépasse de beaucoup celle des autres moyens de résurrection, moyens qui, dans certaines circonstances, n'atteignent leur but que par une voie détournée et à l'usage subséquent desquels il ne saurait d'ailleurs s'opposer en aucune façon, lorsqu'il a été employé convenablement ;

6° De partager avec les autres stimulants la propriété d'augmenter les fonctions des organes sur lesquels il agit avec modération ; de les déprimer, au contraire, et d'éteindre même la vie, lorsque son intensité est trop grande.

L'appareil électrique, auquel nous donnons la préférence, est celui des frères Breton, qui, à l'aide d'un mécanisme aussi simple qu'ingénieux, permet à toute personne de produire, à volonté, les secousses les plus violentes ou de les rendre presque insensibles.

Voici quelques règles à suivre dans l'emploi du fluide électrique considéré comme moyen de ranimer un individu frappé de mort apparente :

a. Le mode d'action du fluide électrique étant très-énergique, et la détermination de l'excitabilité des individus ou de leurs organes très-difficile, il est indispensable de procéder avec précaution et de commencer toujours par un degré bien faible, puisqu'une commotion forte, administrée dès le commencement, pourrait avoir des conséquences funestes ; mais la nécessité de secourir promptement nous oblige de prendre en considération une autre règle que voici :

b. De ne pas nous laisser arrêter par une trop grande timidité et de ne pas perdre notre temps par l'application continue d'un trop faible degré d'électricité ; de recourir, au contraire, à un degré plus élevé, aussitôt que l'on aperçoit que les premiers résultats sont nuls.

c. Il faut soumettre au fluide électrique les régions où sont placés les organes qui exercent une influence puissante sur l'économie toute entière, tels que les poumons, le diaphragme, le cœur, le cerveau, la moelle épinière, etc.

d. Toute la surface du corps doit être bien sèche, afin que le courant électrique destiné aux organes situés profondément n'en soit pas détourné par la surface conductrice humide de l'enveloppe tégumentaire. — L'appartement dans lequel on fait les expériences électriques doit être également aussi sec que possible.

e. L'administration du fluide électrique doit être continuée longtemps et en interrompant son action par de petits intervalles de 8 à 10 secondes, par exemple.

Quel que soit l'agent que l'on mette en usage pour rappeler à la vie un mort apparent, il ne faut pas oublier que tout stimulant appliqué à l'économie, en augmente pour le moment la force, mais est suivi d'un relâchement ; une excitation continue peut donc amener un épuisement tel que, s'il ne tue pas directement, il expose du moins à des maladies consécutives très-dangereuses.

CHAPITRE IX.

SIGNES DE RÉSURRECTION.

Nous allons maintenant énumérer les signes qui, après l'emploi des moyens convenables, permettent d'espérer qu'un individu plongé dans une mort apparente peut être rappelé à la vie. Nous les diviserons en trois catégories :

1re CATÉGORIE. — SIGNES ÉQUIVOQUES.

1° Légère chaleur à la région du cœur.

2° Disparition d'une fossette doucement imprimée sur l'un des globes oculaires aussitôt qne la pression, faite avec le doigt, a cessé.

3° Diminution de la rigidité des membres.

4° Augmentation de la souplesse de la peau.

5° Chaleur et rougeur plus prononcées sur divers points de la surface tégumentaire.

6° Contraction de la pupille à la présentation d'une

lumière, et dilatation de cette ouverture au moment où la lumière est enlevée.

7° Légers mouvements oscillatoires des lèvres.

8° Mouvements dans les paupières.

9° Ecoulement de sang par une veine ouverte.

2e CATÉGORIE. — SIGNES PLUS CERTAINS.

1° Légers battements du cœur.

2° Pulsations des artères du cou et des tempes.

3° Légers mouvements ondulatoires du globe oculaire.

4° Faibles contractions saccadées des muscles cervicaux.

5° Quelques phénomènes respiratoires.

3e CATÉGORIE. — SIGNES ÉVIDENTS.

1° Mouvement de la mâchoire inférieure.

2° Coloration en rouge des lèvres et du visage.

3° Mouvements convulsifs de toute la face.

4° Flexions et extensions alternatives des orteils et des doigts.

5° Mouvement du patient quand on crie à haute voix près de son oreille.

6° Hoquet.

7° Eternuement.

8° Tremblement du corps après son aspersion avec de l'eau froide.

9° Vomissements.

10° Respiration entrecoupée de toux.

11° Soupirs.

Nous nous abstenons de dire ce que le médecin doit faire quand il a été assez heureux pour transformer la vie latente en vie sensible.

CHAPITRE X.

RÉSUMÉ DES FAITS CONCERNANT LA MORT APPARENTE.

Tout ce que nous avons dit jusqu'à présent peut se résumer de la manière suivante :

1° La mort apparente est possible.

2° La mort apparente n'est pas très-rare.

3° Il est très-difficile, dans certaines circonstances, de la distinguer de la mort réelle, dont les signes ne sont pas infaillibles, malgré l'état avancé de la science.

4° La durée de la mort apparente est incertaine.

5° Prise isolément, aucune des preuves auxquelles on a recours ordinairement pour s'assurer de la mort réelle n'est péremptoire; toutes réunies peuvent fournir une grande présomption en sa faveur, mais pas une certitude absolue.

6° Le délai de vingt-quatre heures, à partir de la déclaration du décès jusqu'au moment de l'inhumation, n'est pas suffisant dans beaucoup de cas pour empêcher un homme d'être enterré vivant.

7° La vérification et l'inspection sont incomplètes et insuffisantes.

8° La putréfaction bien établie est le seul signe certain de la mort.

9° Le seul moyen d'éviter une inhumation précipitée, vu l'impossibilité de garder chez soi les personnes décédées jusqu'à ce que la dissolution chimique se soit déclarée, serait donc une maison mortuaire où on les déposerait en attendant ce phénomène.

Nous voilà donc arrivé au sujet que nous avons eu particulièrement en vue, en écrivant cet opuscule.

CHAPITRE XI.

DES MAISONS MORTUAIRES.

Qu'est-ce qu'une maison mortuaire?

C'est un édifice disposé convenablement pour recevoir les décédés et pour les garder plus ou moins longtemps jusqu'au commencement de la putréfaction générale, afin d'en empêcher l'inhumation prématurée et sans qu'ils puissent porter préjudice aux vivants.

On doit y trouver non-seulement toutes les ressources nécessaires pour que les morts apparents puissent être amenés à donner des signes de vie, mais aussi les appareils et les médicaments destinés à les ranimer complètement.

Quant à la situation d'une maison mortuaire, il faut qu'elle soit hors des villes, dans une partie un peu élevée et bien aérée du cimetière. Les salles qui la composent doivent être claires, hautes, spacieuses et ventilées. C'est au gouvernement à veiller à ce que ces asiles des morts soient construits conformément aux circonstances topographiques, statistiques, endémiques et économiques.

On doit y trouver au moins :

1° Une grande salle d'*attente* où seront déposées les personnes censées mortes et qui devra être susceptible de se chauffer par des calorifères souterrains. Près d'elle il y en aura une autre où seront portés les corps assez avancés en putréfaction pour être immédiatement enterrés.

2° Une autre salle dite de *ranimation* où l'on pratiquerait les tentatives de résurrection. Elle sera garnie d'armoires renfermant les instruments et les médicaments nécesaires.

3° Un amphithéâtre de dissection où l'on pourrait aussi faire les embaumements.

4° Une cuisine.

5° Une salle de bains.

6° Des pièces pour les médecins.

7° Deux pièces séparées pour deux surveillants.

8° D'autres pièces pour le concierge, le bureau, etc.

PROJET DE RÉGLEMENT CONCERNANT LES MAISONS MORTUAIRES.

1° La direction générale appartient à un médecin responsable, nommé par le gouvernement.

2° Tout le personnel attaché à l'établissement doit posséder une certaine instruction appropriée au service dont chaque individu sera chargé. Nul ne sera admis qu'après avoir passé un examen devant une commission, dont les membres pourraient être choisis dans le conseil de salubrité publique. L'État devrait donc créer une sorte d'école où l'on apprendrait à secourir les morts apparents.

3° Les corps déposés dans les salles ne pourront en être enlevés, pour être inhumés, qu'après avoir montré des signes évidents de putréfaction. Par conséquent le temps est, dans cette circonstance, le seul juge suprême.

4° Les individus réputés morts, après leur arrivée dans la salle, seront immédiatement déposés dans leurs cellules numérotées, et on les mettra sur-le-champ en contact avec les appareils au moyen desquels ils pourraient faire connaître d'eux-mêmes leur retour à la vie. A cet effet, toutes les parties mobiles, surtout les doigts et les orteils, devront, au moyen de fils métalliques communiquant à un dé appliqué à chacun de ces organes, être mis en rapport avec une sonnerie de manière que le moindre mouvement de la part d'un mort apparent, ne puisse passer inaperçu pour les gardiens (1).

5° Aussitôt qu'un individu, réputé mort, aura manifesté un signe de vie, il faudra avoir recours aux tentatives de résurrection, après avoir fait transporter l'individu dans la pièce destinée à ces expériences.

6° Aussitôt qu'un individu sera entré en putréfac-

(1) Nous publierons plus tard les dessins de tous ces appareils dont un mécanicien habile de la capitale a bien voulu se charger; nous y ajouterons en même temps un plan architectural d'une maison mortuaire, dû à notre frère, Auguste Kaufmann.

tion, il sera enlevé de la grande salle pour être déposé dans une autre, jusqu'au moment de la mise en terre.

7° L'entrée dans l'intérieur de la salle des morts ne devra être accordée qu'aux membres de la famille ou ayant-droit, pendant le temps seulement qu'un des leurs s'y trouvera déposé.

8° Il sera tenu un livre où l'on inscrira les noms des personnes qui auront fait des visites.

9° Il en sera tenu un autre dans lequel on inscrira le nom, l'âge, le sexe, la profession du décédé, sa dernière maladie, son dernier médecin, le jour et l'heure de son décès, le jour et l'heure de son entrée dans la salle, et le jour et l'heure de sa mise en terre.

10° Cette feuille sera signée par un des médecins de l'établissement.

11° Toutes les fois que les salles seront vides, il faudra en ouvrir les portes et fenêtres.

12° Continuellement on y entretiendra des fumigations chlorurées, vinaigrées, etc.

13° Pendant la nuit la salle sera éclairée.

14° La température devra toujours être de 10 à 15 degrés Réaumur ; on atteindra par là un double but : d'abord, l'étincelle vitale des morts apparents ne sera pas éteinte totalement par le froid et ensuite ceux qui sont véritablement morts, entreront par la chaleur plus facilement en putréfaction, fourniront par conséquent ainsi plus tôt la certitude de leur mort, et permettront qu'on les fasse enlever et enterrer.

15° Le séjour dans la salle des morts sera gratuit.

PROJET DE RÉGLEMENT CONCERNANT LES GARDIENS.

1° Les gardiens seront nommés par l'Administration, après avoir passé un examen.

2° Aussitôt qu'un cadavre est arrivé, ils devront le recevoir, le porter dans la cellule qui lui est assignée, enlever le couvercle du cercueil, et fixer aux diverses parties du corps l'appareil réveilleur.

3° Dans leur service, ils se relèveront à tour de rôle; le gardien de service ne pourra quitter son poste sans se faire remplacer par un de ses camarades.

4° Les gardiens sont chargés de surveiller les individus déposés dans la salle d'*attente* et d'entretenir la propreté de la maison.

5° Toute infraction aux réglements de la part d'un gardien sera puni ou d'une amende ou de son renvoi, selon la gravité des circonstances.

6° Il leur est expressément défendu de fumer dans l'intérieur des salles.

7° Aussitôt que les gardiens s'aperçoivent qu'un individu déposé dans la salle d'*attente* donne un signe de vie, leur chef, après l'avoir fait transporter dans la salle de *ranimation*, commence les tentatives de résurrection, et envoie immédiatement chercher le médecin.

PROJET DE RÉGLEMENT CONCERNANT LA DIRECTION.

1° La direction de la maison mortuaire, nous l'avons déjà dit, appartient à un médecin; il est assisté d'un médecin-adjoint. Tous les deux devront être obligés de faire alternativement tous les jours une visite, de passer en revue les corps déposés, de les examiner et d'employer, s'il y a un mort apparent, tous les moyens possibles pour le ranimer.

2° La feuille sur laquelle le médecin-directeur et son adjoint auront rendu compte du mouvement de la maison, sera envoyée tous les jours à l'Administration compétente.

3° Aussitôt après l'arrivée dans l'établissement du médecin ou de son adjoint, le chef des gardiens leur rendra compte de tout ce qui s'y est passé depuis leur dernière visite.

De temps à autre le directeur devra examiner les appareils et les médicaments pour voir s'ils sont en bon état.

PROJET DE RÉGLEMENT CONCERNANT LE TRANSPORT DES PERSONNES RÉPUTÉES MORTES, DE LEUR DOMICILE A LA MAISON MORTUAIRE.

1° Après avoir été soumis chez lui aux *épreuves obligées* du vérificateur qui alors n'aura plus besoin d'inspecteur, le sujet réputé mort ne pourra être transporté à la maison mortuaire qu'à l'expiration des vingt-quatre heures au plus tôt. Si la famille n'est pas forcée d'habiter la même chambre que le décédé, le transport de ce dernier pourra s'effectuer au bout de quarante-huit heures, si toutefois il n'y a pas de contre-indication. Lorsqu'il règne une épidémie maligne et contagieuse, les décédés devront être transportés à la maison mortuaire même avant l'expiration des vingt-quatre heures.

2° L'air doit circuler dans l'intérieur du cercueil dont le couvercle aura, à cet effet, deux orifices, l'un du côté de la tête, l'autre du côté des pieds.

3° Dans la saison froide, l'individu réputé mort devra, durant son transport au cimetière, être mis à l'abri d'une température trop basse.

4° Rien ne sera changé aux funérailles jusqu'au moment où l'on sera arrivé à la porte de la maison mortuaire; là, on déposera le cercueil, on y prononcera les discours funèbres, si besoin est, et le corps sera remis entre les mains des gardiens qui le porteront dans sa cellule.

5° Le corbillard devra être doux et à ressorts.

ÉNUMÉRATION DES OBJETS QUI DOIVENT GARNIR LA SALLE DE RANIMATION.

1. Des brosses pour frictionner.
2. De la flanelle pour le même usage.
3. Des bassinoires.
4. Des éponges.
5. Une trompette.
6. Des lancettes pour saigner.
7. Des seringues à lavement.
8. Des soufflets pour insuffler l'air dans les poumons.

9. Des sondes œsophagiennes pour introduire des liquides dans l'estomac.

10. Un appareil électrique.

11. Une pendule.

12. De l'alcool.

13. De l'éther sulfurique.

14. La liqueur d'Hoffmann.

15. Du vinaigre radical.

16. De l'eau de Cologne.

17. Quelques huiles volatiles.

18. De la teinture d'assa-fœtida.

19. — de Castoreum.

20. Du tartre stibié divisé en paquets de cinq centigrammes.

Après avoir fait tout ce que l'humanité exige, si nous ne pouvons rappeler un mort à la vie, nous pouvons du moins empêcher un vivant d'être enterré comme un mort.

CHAPITRE XII.

OBSERVATIONS SUR LES MAISONS MORTUAIRES.

On a élevé des objections contre les maisons mortuaires ; voici les principales :

1° On a prétendu qu'elles étaient superflues, parce que les progrès de la science, dans ces derniers temps, avaient bien déterminé les signes de la mort.

Oui, la science a fait des progrès ; mais ils ne sont pas encore assez avancés pour soutenir que la mort existe, si l'on n'est guidé par les signes de la putréfaction. Et qui, dans une affaire aussi importante voudrait se contenter d'une présomption même très-grande en faveur de la réalité de la mort ?

2° Beaucoup de personnes sont d'avis que l'on pourrait garder les morts aussi bien dans les maisons particulières que dans les maisons dites mortuaires.

Oui, s'il n'y avait pas les inconvénients de la putréfaction ; si les soins à donner à celui qui est réputé mort, si la localité et d'autres circonstances ne s'y opposaient pas. Ainsi, plus un individu, de son vivant, est affectionné, plus la consternation, l'affliction et la confusion sont grandes après sa mort. Qui, au milieu ds ces troubles d'esprit, possède assez de calme et de force, pour surveiller et soigner lui-même la personne censée ne plus exister? Où trouver cette héroïque tendresse qui ne craint pas d'aigrir la douleur par la vue d'un être inanimé qui vous est cher? Et qu'arriverait-il si, pendant sa vie, le décédé n'avait rencontré que de l'indifférence au sein de sa famille? Aurait-on plus d'attention pour lui après sa mort? Ajoutons que les pauvres tiennent beaucoup à ce que ceux qu'ils ont perdus, soient enlevés le plus tôt possible, puisque leurs habitations étroites peuvent à peine suffire aux survivants. Il y a des cas où des parents ont dû coucher avec les cadavres de leurs enfants, des femmes avec ceux de leurs maris, jusqu'au moment de l'inhumation. Enfin, lorsqu'il règne une épidémie contagieuse, n'est-il pas du devoir de la police médicale de diminuer tous les éléments qui peuvent favoriser la contagion, c'est-à-dire d'éloigner le plus tôt possible de leurs domiciles tous les morts pour protéger les vivants? Comment, en ces circonstances, observer le terme légal qui doit s'écouler depuis la déclaration du décès jusqu'au moment de l'inhumation, s'il n'y a pas de maisons de dépôt? Comment empêcher alors les enterrements précipités?

3° On a dit que le respect dû aux décédés ne permettait pas de les déposer avec d'autres morts dans une salle d'attente.

Je crois, au contraire, qu'une personne frappée de mort apparente et revenue à la vie dans une de ces salles, ne trouvera jamais assez de paroles pour exprimer sa reconnaissance à ses parents ou amis, lorsque ceux-ci lui auront épargné les tortures d'un réveil dans la tombe, en la déposant pendant quelque temps dans un édifice semblable, avant de la faire enterrer.

En outre, ne vaut-il pas mieux conserver la vie d'un seul homme en manquant au prétendu respect dû aux morts que d'en enterrer mille tout en le leur témoignant ? Et quant même il n'en serait pas ainsi, peut-on dire qu'on leur manque de respect, si, pour les sauver, on les fait passer par une salle d'attente, avant de les inhumer ? Qu'y a-t-il là d'irrévérencieux ?

4° On a soutenu que les maisons mortuaires jeteraient l'épouvante dans le public et augmenteraient encore la peur que certains individus pourraient avoir d'être enterrés vivants.

Pourquoi la vérification des décès, qui a le même but que les maisons mortuaires, et qui offre à ces mêmes individus moins de garantie, ne leur inspirerait-elle pas le même sentiment de frayeur ? Je soutiens que le séjour forcé dans une salle d'attente jusqu'à l'établissement de la putréfaction générale des personnes réputées mortes, doit précisément dissiper l'idée d'un réveil dans la tombe.

On a prétendu que la conservation des morts, dans les maisons mortuaires, jusqu'à l'établissement de la putréfaction générale, était nuisible à la santé publique.

Cette assertion perd toute valeur quand on vient à penser que les maisons mortuaires doivent être construites en plein air, hors des villes et des villages ;

qu'elles doivent être pourvues de toutes les conditions nécessaires d'aération, de propreté et de désinfection.

Il n'y a que dans un temps d'épidémie maligne et contagieuse que la conservation d'un grand nombre de décédés pourrait inspirer de l'inquiétude ; mais heureusement, dans ces cas, les cadavres entrent plus promptement en putréfaction et peuvent ainsi être enterrés plus tôt.

5° On objecte aussi qu'il faudrait répéter deux fois la cérémonie funèbre ; une fois pour transporter le décédé de son domicile à la maison mortuaire et une autre fois lorsqu'on le mettrait en terre.

La première fois la cérémonie pourrait être faite comme à l'ordinaire et le cercueil être remis entre les mains des gardiens au lieu d'être enterré ; la seconde fois un ami ou un parent, ou à leur défaut un agent de l'Administration, pourrait accompagner la translation du cadavre de la salle mortuaire à la fosse qui lui aurait été destinée.

Quelques partisans des maisons mortuaires avaient proposé d'y faire transporter les individus immédiatement après leur dernier soupir ; mais un transport prématuré pourrait facilement devenir nuisible aux morts apparents. Il vaut mieux que les personnes décédées restent encore au moins vingt-quatre heures dans leur lit et qu'elles soient soumises, à leur domicile, aux épreuves de la vérification. Il n'y a que dans les cas d'épidémies contagieuses ou d'habitations trop étroites et trop encombrées, qu'on pourrait permettre de s'éloigner de cette règle.

On a agité la question de savoir par qui les maisons mortuaires devaient être construites?

Nous n'hésitons pas un seul instant à dire : par l'*État*. Les grandes mesures de salut public ne prospèrent jamais mieux que quand les lois écartent les obstacles que leur opposent les préjugés, l'intérêt et les traditions. Pour mieux faire ressortir cette vérité, comparons, sous le point de vue de la police médicale, la naissance d'un individu avec sa mort.

L'État veille à ce que les devoirs envers celui qui va naître soient scrupuleusement remplis, et il punit plus ou moins quiconque porte préjudice, volontairement ou involontairement, à un être qui ne peut, en aucune façon, se défendre lui-même. Si donc le gouvernement exerce une tutelle, si pleine de sollicitude, sur ceux dont la vie *extérieure* n'a pas encore commencé, ne doit-il pas exercer cette même tutelle sur ceux dont la vie *intérieure* peut ne pas être encore éteinte?

Si la loi veut que personne n'entre trop tôt dans ce monde, par exemple par un avortement criminellement provoqué, parce qu'alors on ne serait pas viable; elle doit également vouloir que personne, par négligence d'autrui, n'en sorte avant son temps et ne soit placé dans un endroit où la vie ne pourrait plus se maintenir, par exemple, dans un tombeau. Si l'État respecte, dans le premier cas, le citoyen qui doit lui appartenir un jour, il doit respecter dans le second le citoyen qui lui a appartenu autrefois. Le gouvernement, pour protéger les citoyens dans ce moment terrible où la vie et la mort se disputent la possession d'un être humain, doit donc aller plus loin qu'une vérification des décès, quand même elle serait *doublement inspectée ;* il doit faire construire des *asiles de la vie douteuse* et contraindre tout le monde d'y séjourner plus ou moins de temps, selon les circonstances, avant d'être livré à la terre. Je n'en excepterai pas même ceux qui portent sur leur corps des blessures qui excluent la possibilité de vivre, ni ceux qui sont en proie à la putréfaction et ne fissent-ils que passer par ces édifices, je veux du moins qu'ils y entrent.

Un mot relativement aux campagnes.

Si le village a un cimetière on pourrait y construire une petite maison à deux ou trois pièces, susceptibles d'être chauffées ; l'une d'elle serait destinée à recevoir les morts, en général peu nombreux dans ces localités, et l'autre à loger un gardien. Si le village n'a pas de cimetière, mais une église un peu isolée, on ferait bien d'élever cette maison contre les murs épais de cette dernière, sans qu'il y ait communication de l'une à l'autre. Dans tous les cas un médecin *cantonnal* doit faire la vérification au domicile des décédés.

CHAPITRE XIII.

EXEMPLES DE MORTS APPARENTES.

Les Grecs et les Romains citent déjà des exemples de mort apparente et de résurrection. Asclépiade et Apollone de Tyane se sont rendus immortels en ranimant plusieurs personnes réputées mortes. Le premier de ces médecins, revenant un jour de sa maison de campagne, rencontra près des murs de Rome un convoi funèbre. Il s'informa, par curiosité, du défunt, et n'ayant pas reçu de réponse, tant la consternation était grande, il s'approcha du corps, l'examina, et croyant encore remarquer en lui des signes de vie, il ordonna au cortège d'éteindre les torches et de faire enlever le bûcher funéraire. Un certain murmure parcourut la foule; les uns prétendaient qu'il fallait ajouter foi aux paroles du médecin, les autres se raillaient de lui et de sa science. Les parents cédèrent enfin aux observations d'Asclépiade et consentirent à différer un peu les obsèques. Il en résulta que la personne supposée morte fut rappelée à la vie après l'emploi de remèdes convenables.

Apollone de Tyane en fit autant avec une jeune Romaine d'une noble famille. Pline fait mention de quelques hommes revenus à la vie au moment où on allait les enterrer; il rapporte, ainsi que Valère-Maxime, que le consul Acilius Aviola et le prêteur Lucius Lamia, réputés morts par leurs parents et par les médecins, avaient été exposés pendant quelque temps chez eux, et placés ensuite sur le bûcher; que là les flammes les avaient rappelés à la vie, mais trop tard pour qu'on pût les sauver et qu'ils étaient morts misérablement tout en implorant du secours! Valère raconte encore l'histoire d'une Romaine enceinte, qui devint mère pendant ses funérailles, et il dit à ce sujet : « *Une mère accoucha après sa mort, et un enfant fut porté au tombeau avant d'être né.* » Macrobe, dans son *Songe de Scipion*, parle des dangers des inhumations prématurées; Platon, à son tour, nous apprend dans sa *République*, qu'un Arménien eut le malheur de se réveiller trop tard sur le bûcher où on l'avait placé pour être brûlé; Plutarque cite un individu tombé sur le cou et revenu à lui au bout de trois jours, au moment où on allait lui rendre les derniers honneurs. Chez les Grecs, on surnomma par la suite *Hysteroptomes*, ceux qui avaient le bonheur d'une résurrection, et on les consacrait solennellement pour une deuxième vie. L'empereur Zénon, sujet à des attaques d'épilepsie, tomba, à la suite de cette maladie, dans un état de mort apparente et fut enterré vivant. Il poussa dans son cerceuil des gémissements lamentables La peur empêchait ceux qui le gardaient, de venir à son aide. Peu de temps après on ouvrit le tombeau, et on trouva que le malheureux souverain, dans son désespoir, avait déchiré ses bras. François Bacon, dans son *Histoire de la vie et de la mort*, dit que le savant Scott, surnommé le Docteur Subtil, atteint pendant sa vie d'accès cataleptiques et tétaniques, avait été retrouvé, après l'ouverture de son cercueil, les chairs déchirées, les ongles arrachés et la tête contusionnée. Vésale, le plus célèbre anatomiste de son siècle, et premier médecin de Charles V, empereur d'Allemagne, et de Philippe II, roi d'Espagne, fit l'autopsie d'un gentilhomme qui, rappelé à la vie d'une mort apparente, par le premier coup de scapel, mourut ensuite (1). Le cardinal Espinosa, premier ministre du roi Philippe II d'Espagne, après une courte maladie, tomba dans une syncope pendant laquelle on le crut mort. On l'ouvrit ensuite pour l'embaumer, et à peine les poumons furent-ils mis à nu que l'on vit battre le cœur, et le malheureux, revenu à lui-même, posséda encore assez de force pour diriger la main vers le scalpel du chirurgien ; encore une fois il était trop tard, le coup mortel avait été frappé. Qui ne connaît l'histoire de François Civille, gentilhomme normand du

(1) Pour disculper la mémoire de ce grand anatomiste de l'erreur qu'il avait commise, on a, dans ces derniers temps, essayé de faire passer ce terrible accident pour un conte inventé par la calomnie ; mais les preuves qu'on a alléguées, dépourvues plus ou moins du cachet qui doit caractériser l'esprit critique de l'historien, ne nous ont pas entièrement convaincu.

temps de Charles IX, qui se qualifiait dans ses actes, de *trois fois mort, trois fois enterré, trois fois ressuscité par la grâce de Dieu?* Winslow, qui a écrit sur les signes équivoques de la mort, avait été lui-même dans sa jeunesse, enterré vivant. Le sort du célèbre auteur de *Manon Lescaut*, ne fut pas moins terrible que celui du cardinal Espinosa. Tombé à la suite d'une attaque d'apoplexie, le 23 ooctobre 1763, dans la forêt de Chantilly, on le crut mort, et on le porta dans une maison voisine. L'autorité ordonna l'autopsie du cadavre. Au moment où le chirurgien fit l'ouverture du ventre, le malheureux abbé poussa un grand cri, ouvrit les yeux, et vécut encore assez de temps pour voir qu'on avait voulu le disséquer vivant (1).

1.

A l'âge de 58 ans, la femme du tailleur Stansen de Rostock, tomba malade, et la fièvre fut si violente, que plusieurs jours après elle mourut, du moins en apparence. On l'ôta du lit, on la lava, et on lui mit un livre sous le menton, afin que la bouche restât fermée, puis on la laissa seule. Le lendemain matin une domestique entra dans la chambre où se trouvait la morte, et ouvrit les fenêtres pour renouveler l'air. Au moment où cette servante allait sortir, la femme supposée morte se redressa, et l'appela par son nom. La domestique se sauva aussitôt en pous-

(1) On a encore voulu contester ce malheureux accident; mais peu importe, un exemple de plus ou de moins ne fait rien.

sant de grands cris d'effroi. Le mari et quelques personnes de la maison accoururent et enlevèrent cette femme de la planche sur laquelle, selon la coutume générale, elle avait passé vingt-quatre heures. Comme elle se plaignait du froid, on la porta dans un lit bassiné, et on la rétablit totalement au moyen de quelques cordiaux. Elle ignorait tout ce qui lui était arrivé ; mais elle attribua sa résurrection au renouvellement de l'air de l'appartement.

2.

M. Bunting, précepteur d'un monsieur de Schwingen, tomba gravement malade, mourut en apparence et fut enterré. Ce malheureux aurait pu être sauvé, car la conscience et les mouvements lui étaient revenus pendant qu'on le portait au cimetière. En effet, durant ce trajet, quelques personnes crurent avoir entendu un bruit provenant du cercueil ; mais on n'y fit pas attention. On en parla cependant dans un cabaret comme d'une chose indifférente. Quelques jours plus tard, M. de Schwingen en eut à son tour connaissance. Il obtint qu'on exhumât son précepteur, et il trouva son ami couché sur le ventre, et portant toutes les marques de cette mort violente et douloureuse, réservée à ceux qui, par imprudence ou par inhumanité, sont enterrés vivants.

3.

Le paysan Jean Gude, de la Haute-Lusace, fut réputé

mort. Avant d'être enterré il transpirait si fortement dans son cercueil qu'on pouvait distinguer des grosses gouttes de sueur sur son visage et sur ses mains. Ses parents ne furent pas peu étonnés de voir suer un mort, ce qui ne les empêcha pas de le faire enterrer. Le lendemain, le maître d'école du village vient sonner les cloches, et il entend un bruit sourd et souterrain qui provenait des environs du tombeau de ce malheureux. On appelle des hommes, on déterre le cercueil, on l'ouvre et on y trouve le pauvre paysan retourné et les mains mordues et déchirées. La chaleur du cadavre fesait supposer qu'il venait d'expirer quelques minutes auparavant.

4.

Le docteur P... tomba dangereusement malade et il fut saisi par une inflexibilité et une roideur telles, que tout le monde le prenait pour mort. On le traita en conséquence : il fut déshabillé, lavé et couché sur des planches. Le malade vit, entendit et sentit tout, mais il lui était impossible de faire le moindre mouvement. Son corps était cadavérique, mais son esprit vivait. Il entendit les plaintes de ses amis et de ses proches, eut conscience de son état, vit les préparatifs de son enterrement et comment le menuisier prenait la mesure de son cercueil. Dans la nuit qui précédait le jour de son convoi, lorsque solitairement couché sur le lit de mort, il concentrait toute son attention sur son état et que son esprit agissait de toutes ses forces sur chaque point de son corps, la locomotilité lui revint. Mais ses mains étaient tellement liées, qu'il ne pouvait en faire usage. Il se démena autant qu'il était en son pouvoir, et parvint enfin à renverser une lampe placée près de lui. Ce bruit excita l'attention de ceux qui habitaient l'étage inférieur. Ils accoururent ; effrayés ils s'enfuirent, revinrent, et, touchés de ses plaintes, ils le reçurent au nombre des vivants.

Il rapportait lui-même que pendant sa mort apparente, trois choses lui avaient été particulièrement pénibles. Dès sa dernière heure supposée, le prêtre l'exhorta avec tant d'ardeur, que chacune de ses paroles lui paraissait être un coup de poignard. Cette consolation spirituelle, augmente en général l'angoisse de la mort et est pour l'agonisant (ainsi que l'ont dit plusieurs autres individus qui sont revenus à la santé), un tourment inexprimable.

La deuxième sensation que le docteur P... avait vivement ressentie pendant sa mort apparente, consistait en ce qu'on voulait lui fermer forcément la bouche qu'il tenait ouverte. C'était surtout un de ses camarades d'école qui s'efforçait de lui rendre ce service en fixant avec l'une de ses mains le sommet de la tête, et en relevant violemment de l'autre le menton. Le docteur croyait que cet acte d'amitié lui fesait sauter la mâchoire hors des jointures, et il en souffrait d'une manière atroce.

La troisième sensation était celle produite par l'aspersion de l'eau bénite, froide comme de la glace, dont chaque goutte qui touchait sa figure le pénétrait jusqu'au fond de son âme. C'est cependant à cette eau bénite qu'il attribuait son salut; car, comme on l'aspergeait avec une certaine libéralité pieuse pendant qu'il était couché sur le lit de mort, une bonne partie en tombait ainsi dans sa bouche restée entre-ouverte, malgré les tentatives de son ami, et cette circonstance produisit l'excitation qui lui rendit la faculté de se mouvoir.

Ce cas extrêmement intéressant se prête à des déductions très-instructives. Il nous démontre qu'on peut avoir les apparences de la mort, sans cesser d'entendre, de sentir, de penser et d'avoir la conscience de la terrible position dans laquelle on se trouve; que l'on peut avoir le sentiment plein et entier de sa vie sans posséder la force d'en manifester le moindre signe. Enfin nous tirerons de cette histoire la conclusion, qu'il faut s'abstenir de faire subir aux morts des violences parce qu'on peut leur causer par là de vives douleurs, pendant les premières heures qu'ils sont dans un état léthargique. Il faut notamment éviter l'élévation forcée de la mâchoire inférieure, élévation très-douloureuse pour le patient, et qui a encore l'inconvénient d'empêcher l'introduction d'un air frais dans les poumons et de nous priver ainsi d'un moyen énergique de ranimation.

5.

Le fait suivant, observé aussi sur lui-même par un

médecin, a été récemment consigné avec toutes ses circonstances dans un recueil périodique.

Privé tout-à-coup, après de vives impressions morales, de l'usage des sens et de la faculté de se mouvoir, toute manifestation extérieure lui devint impossible tout en conservant le sentiment intime de son être et même la conscience de sa position. L'ouïe ayant persisté, il distinguait autour de lui les cris de sa femme et de ses enfants, reconnaissait la voix du médecin appelé pour le secourir et comprenait qu'il était regardé comme mort. Après un temps indéterminable pour lui, il discerna la manœuvre de son ensevelissement et de son transport dans le cercueil; il entendit le bruit des clous qu'on y enfonçait, et ce n'est qu'après avoir entendu le dernier coup de marteau, après avoir été en quelque sorte scellé dans sa prison mortuaire, qu'il retrouva la force de crier et de s'agiter de manière à faire cesser cette fatale erreur.

6.

Voici encore un exemple très-remarquable dans lequel le signe caractéristique habituel de la mort apparente, la suspension de toutes les facultés intellectuelles, n'existait pas.

Une jeune dame de la suite de la princesse N... garda longtemps le lit pour une maladie nerveuse; enfin elle rendit, selon les apparences, le dernier soupir. Les lèvres étaient pâles, le visage cadavéreux, le corps glacé. On la mit dans le cercueil et on fixa le jour de l'enterrement. D'après la coutume du pays, on chanta devant la maison mortuaire plusieurs chants d'église, et, au moment de fermer le couvercle, on remarqua sur le corps de la défunte une espèce de sueur qui augmentait à chaque instant. Enfin on vit un mouvement convulsif des mains et des pieds. Quelques minutes plus tard, pendant que de nouveaux signes d'un retour à la vie se manifestaient, elle ouvrit tout-à-coup les yeux et fit entendre un grand cri. On envoya vite chercher le médecin et, au bout de peu de jours, elle fut entièrement rétablie.

La description qu'elle donna elle-même de sa position, est très-intéressante, surtout sous le rapport de la physiologie.

Il lui semblait, disait-elle, qu'elle rêvait être entièrement morte ; mais qu'elle savait tout ce qui se passait autour d'elle dans cette terrible situation. Elle entendait distinctement la conversation de ses amis, leurs lamentations; elle sentait qu'on lui mettait les vêtements de mort et qu'on la couchait dans le cercueil. Ce sentiment fit naître en elle une angoisse indéfinissable; elle essayait de crier, mais la force lui manquait ; elle croyait en même temps avoir une âme et ne pas en avoir. Il lui était également impossible d'étendre les bras, d'ouvrir les yeux. L'angoisse du cœur atteignit cependant le maximum d'intensité lorsque l'on commença à entonner le chant des morts et que l'on se mit à clouer le couvercle du cercueil. L'idée d'être enterrée vivante réveilla enfin l'activité de son esprit assez pour qu'il pût réagir sur le corps.

7.

On a pu constater quelquefois, relativement à la léthargie, une sorte de prédisposition originelle et comme transmise par hérédité dans certaines familles. On cite plusieurs exemples de ce genre et entre autres celui du cardinal Caraffa. La mère de ce prélat, tombée deux fois en léthargie, avait été regardée comme morte et deux fois aussi elle était accidentellement revenue à la vie. Alarmé pour lui-même d'un pareil précédent le cardinal recommanda expressément qu'à sa mort on attendît, avant de l'ensevelir, un commencement de putréfaction, et qu'encore on ne procédât à cette opération, qu'après lui avoir préalablement enfoncé un stylet dans le cœur. Au bout de quelques jours, bien que la décomposition n'eût pas eu lieu, on se mit en devoir de l'inhumer. On satisfit à sa dernière injonction ; le stylet fut retiré sanglant et un profond soupir s'exhala de la poitrine du prélat.

8.

Lady Russel, épouse d'un colonel anglais, fut réputée morte par tous ceux qui la virent après sa maladie ; mais son mari ne voulut pas la laisser enterrer avant qu'il remarquât des signes positifs de mort. Il la laissa dans son lit et comme on lui représentait qu'il était enfin temps de procéder à l'inhumation, il répondit qu'il tuerait d'un coup de pistolet celui qui oserait s'emparer du corps de sa femme. La reine avertie de son extrême affliction, lui envoya un des gens de sa cour pour lui faire part de la peine qu'elle ressentait de son chagrin, et pour lui exprimer en même temps qu'il ne convenait en aucune façon à un homme raisonnable et encore moins à un militaire de se livrer avec tant d'opiniâtreté à sa douleur et de refuser à sa femme défunte les derniers honneurs. Le colonel témoigna à la reine ses remercîments de l'intérêt qu'elle avait pour lui et la supplia de lui conserver sa faveur s'il ne changeait pas de résolution à l'égard du cadavre de sa femme, puisque rien ne pressait l'enterrement tant qu'il n'y avait pas de signes de putréfaction. *Huit jours* s'écoulèrent sans que la moindre trace d'existence se manifestât sur lady Russel. Mais quel ne fut pas l'étonnement de son mari, versant toujours des larmes sur elle, lorsqu'au son des cloches d'une église voisine, elle se réveilla brusquement de son état léthargique en s'écriant : *Voici le dernier coup de la prière, il est temps de partir* ; puis se leva et procura à son mari une joie digne de son amour pour elle. Elle guérit et vécut encore longtemps (1).

(1) On voit clairement par ce cas que l'audition est le sens qui meurt le dernier. Si l'on voulait expliquer pourquoi, dans la mort apparente, l'ouïe reçoit des impressions plus longtemps que les autres sens, on pourrait dire que sa situation dans un tissu osseux fait que les agents extérieurs agissent immédiatement sur le nerf auditif sans l'intermédiaire de parties organiques, si ce n'est des osselets qui jouent plutôt un rôle physique que vital, tandis que les autres sens,

9.

Deux hommes de Saint-Pétersbourg, après avoir été amis intimes, eurent l'un pour l'autre une haine irréconciliable. Le domestique de l'un mourut tout d'un coup et fut enterré dans l'espace de vingt-quatre heures. L'autre, pour exercer une vengence, résolut de faire circuler le bruit que son ennemi avait assassiné ce domestique, et pour donner à son infamie une apparence de vérité, il fit, avec l'aide de quelques complices familiers, exhumer le cadavre dans l'intention de lui infliger quelques marques de violences. On se rendit au cimetière pendant la nuit, on sortit le corps du cercueil, on le fit tenir debout afin de pouvoir le bien fouetter d'abord : mais après quelques coups de knout, le mort, au grand étonnement des présents, se ranima et tout le monde de se sauver de frayeur. Le ressuscité reprit peu-à-peu connaissance, retourna à la maison de son maître dont tous les habitants crurent voir en lui un fantôme. Enfin il leur raconta ce qu'il pouvait se rappeler : ses sens ne l'avaient pas tout-à-fait abandonné, bien qu'il lui fût impossible de faire aucun mouvement ou de dire un mot avant d'avoir reçu les coups de knout. Ce réveil fit découvrir, avorter et punir un projet infernal.

pour être sensibles aux excitants venant du dehors, ont besoin de la coopération d'organes qui ont perdu leurs fonctions par la suspension presque complète de la circulation.

10.

Une jeune fille de dix-huit ans venait de mourir. L'apprenti du menuisier égara la mesure du cercueil et, pour ne pas encourir des reproches, il en donna approximativement une autre d'après laquelle on confectionna une bière beaucoup trop courte pour y faire entrer la personne réputée morte. Le jour de l'ensevelissement le maître menuisier rentra chez lui tout colère, disant à sa femme : *Le cercueil n'était pas assez long et, pour y coucher la jeune fille, nous avons été obligés de lui casser presque les jambes.* Bientôt il apprit que précisément ces violences avaient réveillé la jeune personne plongée seulement dans une mort apparente.

11.

A bord du vaisseau de guerre l'Adair, pendant qu'il croisait en 1785 le long de la côte d'Amérique, mourut un matelot qu'on allait descendre dans la mer après l'avoir enveloppé dans une grosse toile dont on joignit les bords en les cousant. Pour terminer cette opération il ne s'agissait plus que d'entortiller le visage et coudre l'étoffe qui devait le couvrir. Le hasard voulut que l'homme chargé de cette besogne passa, par maladresse, l'aiguille courbe dont il se servait à travers le nez du décédé. Celui-ci, à l'instant même, commença à faire des mouvements si violents qu'il déchira d'un seul coup de coude l'étoffe dans laquelle il était enveloppé et effraya son camarade au point qu'il se sauva en laissant l'aiguille plongée dans le nez. — Quelques soins rétablirent le ressuscité en très-peu de temps.

12.

Nous avons déjà dit que l'apoplexie cérébrale simulait assez la mort. — Amatus Lusitanus rapporte l'histoire d'une jeune fille de Ferrare que tout le monde croyait morte de cette maladie. La mère qui la chérissait en fit retarder l'inhumation et sa tendresse fut récompensée par le retour de la malade à la vie le troisième jour de la mort apparente.

13.

Zacutus Lusitanus cite un individu frappé d'apoplexie depuis vingt-quatre heures, dont le corps déjà froid fut placé dans un linceul et déposé à terre jusqu'à la cérémonie funèbre. Mais pendant qu'on le transportait au cimetière on entendit un bruit sourd dans le cercueil; il fut ouvert et des soins éclairés rappelèrent le malade à la vie.

14.

Le célèbre Van Swieten cite l'exemple suivant de mort apparente à la suite d'une hémorrhagie :

Un paysan reçut dans un cabaret, sous l'aisselle, un coup de couteau qui blessa l'artère axillaire. L'hémorrhagie ne pouvant être arrêtée, le malheureux tomba à terre. Au bout d'un certain temps, on le crut mort et on le coucha sur de la paille. Le lendemain on dut, par autorité judiciaire, procéder à l'autopsie du cadavre. Les hommes de l'art, chargés de cette opération, découvrirent encore un peu de chaleur à la région du cœur, bien que le reste du corps ne présentât plus la moindre trace de vie. Ils différèrent donc l'ouverture encore de quelques heures et ils virent, à leur grande surprise, que le blessé commençait peu-à-peu à se remettre. Pendant quelque temps il conserva une vie presque imperceptible, mais il fut ensuite, sauf la plaie, tout-à-fait rendu à son état ordinaire. Quant au bras malade (chose accesoire pour nous), il se dessécha comme une momie.

Nous allons maintenant donner deux exemples de mort apparente, survenue à la suite d'accouchements laborieux; nous les signalons d'autant plus volontiers que nous sommes convaincus que cette cause fait souvent naître un état léthargique.

15.

M. Hildebrand, un des habitants les plus riches de la Suède, possédait dans ce pays les forges de Bystadt dans le voisinage desquelles il y avait une église et la demeure du bedeau.

Celui-ci, en rentrant le soir chez lui, entendit sortir

de l'église des gémissements et des lamentations qui venaient de dessous terre. Rendu peureux dès sa jeunesse par les préjugés de son éducation, il ne put réfléchir avec calme sur l'origine naturelle de ces sons et, perdant la tête, il courut communiquer cette nouvelle aux siens. Ces derniers, un peu plus courageux, osèrent s'avancer d'un pas prudent vers le lieu d'où partaient les cris et ils crurent entendre les mots : Dieu! Pitié!

Pleins de compassion pour le malheur de l'être qu'ils croyaient une âme errante, ils se sauvèrent à toutes jambes pour ne pas être témoins d'une scène effrayante. Couverts de sueur, ils rentrèrent chez eux, se couchèrent, se cachèrent plus profondément que d'habitude dans leurs lits et rêvèrent diables et fantômes sans se douter que leur stupide superstition les rendait eux-mêmes des instruments de torture.

Le lendemain, le bedeau, obligé d'entrer dans l'église, vit un spectacle épouvantable : une femme morte en couches, nageant dans son sang et tenant un enfant mort entre ses bras.

Voici ce qui s'était passé :

La fille de M. Hildebrandt, mariée au baron d'Armfeld, désira faire ses couches à la maison de campagne de son père, près de Bystadt ; mais elle y mourut épuisée de fatigue avant que l'accouchement ne fût terminé. La mort cependant ne fut qu'apparente ; de même qu'une malade, elle était tombée dans une syncope continue sans manifester le moindre sentiment. Enfin on la déposa dans le caveau de famille près du maître-autel. Pendant la nuit, avec le retour de la conscience et de la sensibilité étaient aussi revenues les douleurs de parturition. Elle accoucha d'un enfant dans le cercueil et la malheureuse mère n'avait personne près d'elle pour la secourir. Dans son désespoir elle avait repoussé le couvercle de la bière ; mais malgré ses cris, elle resta ainsi que son enfant dans le plus cruel abandon. Le bedeau avait entendu ses plaintes ; mais lui et les siens s'étaient enfuis épouvantés, et la pauvre mère n'avait trouvé que dans la mort le terme de ses souffrances.

16.

L'histoire suivante doit surtout attirer l'attention des sages-femmes et des accoucheurs.

Rigaudeaux, célèbre médecin, est appelé à cinq heures du matin pour accoucher une femme aux environs de Douai. Il ne peut s'y rendre qu'à huit heures et demie. On lui dit que l'accouchée est morte depuis deux heures, qu'on n'a pu trouver un chirurgien pour pratiquer l'opération césarienne, que la veille vers les quatre heures cette femme avait commencé à sentir les douleurs de l'enfantement ; que, pendant la nuit, la violence des douleurs lui avait causé des faiblesses et des convulsions, et qu'à six heures du matin un état spasmodique des plus violents avait anéanti ce qui restait de forces à cette malheureuse. Elle était déjà ensevelie. Rigaudeaux demande à la voir. Il tâte le pouls au bras, au-dessus des clavicules, palpe le cœur, point de battements. Il présente un miroir à la bouche, la glace n'est pas ternie. Un heureux pressentiment l'engage à porter la main dans la matrice ; l'orifice de cet organe est dilaté ; la poche des eaux n'est pas percée ; il la déchire ; il sent la tête de l'enfant dans une bonne position ; il introduit le doigt dans la bouche de l'enfant qui ne donne pas de signe de vie ; il va chercher les pieds et termine l'accouchement. Il confie l'enfant à des femmes qui s'empressent de le réchauffer et de le frotter avec du vin chaud. Après trois heures de soins assidus sans résultats on allait l'abandonner, lorsque l'une des personnes présentes s'écrie qu'elle lui a vu ouvrir la bouche. On redouble d'efforts et, peu de temps après, l'enfant jette des cris aussi forts que s'il fût né heureusement. Rigaudeaux veut de nouveau visiter la mère que l'on avait ensevelie et *bouchée*. On ôte une seconde fois l'appareil funèbre, il la croit morte comme auparavant ; cependant il est surpris qu'après sept heures de mort, les membres conservent encore leur souplesse. Il repart pour Douai, mais il recommande sur toute chose de ne procéder à l'inhumation que lorsque les membres de la morte seraient devenus roides. Il prescrit aussi de lui frapper de temps en temps le creux des mains, de lui frotter le nez, les yeux, le visage avec du vinaigre, et de la tenir dans son lit. Deux heures de soins ressuscitèrent cette femme et, le 10 août 1748, la mère et l'enfant étaient tous deux en vie ; mais la mère était restée paralytique, sourde et presque muette.

17.

L'histoire suivante est un exemple remarquable de mort apparente à la suite d'accidents nerveux.

Madame Hiller, femme d'un professeur de Tubingue et sujette aux accès hystériques, eut une frayeur au sixième mois de grossesse, au point qu'elle fut atteinte des convulsions les plus violentes et mourut au bout de quatre heures. Deux médecins célèbres, Camerarius et Manchard ainsi que trois autres, étaient convaincus de la réalité de la mort. Pas le moindre mouvement; aucune trace de pulsations ni de respiration. L'application des excitants les plus énergiques resta sans effets. Camerarius eut encore l'idée d'enlever les vésicatoires posés la veille sur la plante des pieds et d'examiner, pendant cette opération, les traits de la physionomie. En ôtant l'épiderme du gros orteil on remarqua un léger mouvement de la bouche. Dès ce moment on n'épargna rien pour rappeler la vie à l'aide d'essais de toute espèce. On irrita les parties les plus sensibles; on se servit même du fer rouge et il n'y eut pas un seul point du corps qui ne fut frotté, piqué, pincé ou coupé. Tout cela fut sans résultat; elle resta insensible, immobile, et porta sur elle, pendant six jours, les traces de la mort. La seule région du cœur laissa apercevoir une légère chaleur. Enfin elle ouvrit subitement les yeux, commença à respirer, prit quelques rafraîchissements, mit au monde un enfant mort, se ranima et recouvra la santé sans avoir eu la moindre connaissance de ce qui s'était passé en elle.

18.

Voici un autre exemple rapporté il y a quelques années par les journaux.

Un médecin d'une petite ville de la Suisse s'était couché immédiatement après avoir pris de l'opium pour calmer des maux de dents. Le lendemain on le trouva dans son lit ne donnant aucun signe de vie. Les médecins appelés à le visiter le déclarèrent mort et il fut porté en terre vingt-quatre heures après. Cependant le sacristain avait remarqué que, depuis plusieurs jours, le chien du défunt n'avait pas quitté le tombeau. Cette circonstance éveilla son attention et l'engagea à le découvrir pendant la nuit. Qu'on juge de son étonnement; le cercueil était ouvert et le cadavre retourné sur le ventre. Des poignées de cheveux arrachés de sa tête gisaient çà et là ; le cercueil était gratté avec les ongles, le linceul ensanglanté et mis en lambeaux, les bras mutilés par des morsures.

19.

Le docteur Jean Schmidt rapporte qu'une petite fille de sept ans, ayant été affectée pendant quelques semaines d'accès de toux très-violents, fut tout-à-coup délivrée de cette maladie incommode et parut jouir d'une bonne santé; mais quelques jours après, jouant avec ses camarades, elle tomba, comme si elle eût été frappée par la foudre. Une pâleur mortelle se répandit sur ses joues et sur ses bras; on ne lui trouvait pas de pouls, les tempes étaient enfoncées; elle ne donnait aucun signe de sensibilité, soit qu'on la secouât ou qu'on la pinçât. Le médecin qui la crut morte, céda, quoique sans espoir de succès, aux instances réitérées des parents, et fit quelques tentatives pour la rappeler à la vie. N'obtenant pas de résultats satisfaisants, il lui fit frotter rudement la plante des pieds avec des vergettes trempées dans une forte saumure. Enfin au bout de trois quarts d'heure, cette jeune fille pousse un petit soupir; on lui fait avaler un peu de liqueur spiritueuse et la vie se rétablit.

20.

Le prince L.. possédait près de Florence une habitation où chaque année il allait passer l'été avec sa famille. C'était un antique et noble château, avec ses tours, ses fosses, sa chapelle et son caveau de sépulture. Ce caveau, profondément creusé dans un sol sablonneux, était voûté et revêtu intérieurement de larges dalles de pierre; de sorte que son état hygrométrique était tel que les corps que l'on y déposait s'y momifiaient. Lorsqu'un membre de la famille de L. était mort, son corps, revêtu de riches habits, était déposé dans une bière ouverte, et, bientôt descendu dans le caveau, il était placé sur les dalles, près d'une longue suite d'aïeux, sans que l'on prît d'autres soins que celui de recouvrir le cercueil d'un drap noir.

Le prince de L. mourut des suites d'une maladie de langueur et fut porté avec les cérémonies usitées dans ce caveau, dont la lourde porte se referma vraisemblablement pour longtemps ; car il n'avait qu'un fils qui sortait à peine de l'adolescence. Celui-ci avait pour son père une tendresse extrême ; de sorte que, environ un mois après cet événement, il prit la résolution de voyager, pour échapper à la douleur que lui causait la perte cruelle qu'il venait de faire. Mais avant de s'éloigner pour longtemps du château de sa famille, il voulut contempler encore une fois les traits d'un père chéri. Seul, il marche donc vers la chapelle funéraire, et après avoir enlevé les barres de fer qui en assujettissaient la porte, il veut l'ouvrir, lorsqu'il sent qu'un obstacle puissant s'oppose à ses efforts. En proie à une inexprimable anxiété, il pousse des cris de toutes parts; on accourt : l'obstacle est surmonté, la porte s'ouvre et..... spectacle plein d'horreur ! Cet obstacle, c'était le prince de L. qui, les traits convulsés, était venu mourir de faim contre cette porte qui ne devait plus s'ouvrir pour lui et dont les ais portaient encore les traces qu'y avaient imprimées ses mains déchirées et tordues dans les angoisses du désespoir. L'infortuné n'avait été tiré du sein de la mort que pour en trouver une mille fois plus cruelle.

21.

L'histoire suivante, arrivée en Angleterre, donne

les détails d'un enterrement prématuré après une attaque de catalepsie. C'est le ressuscité lui-même qui parle :

« A la suite de fatigues longtemps soutenues, je fus atteint d'une fièvre nerveuse qui épuisa rapidement le reste de mes forces. Chose étrange ! il me semblait que la vie qui abandonnait peu-à-peu mon corps se réfugiait tout entière dans mes facultés mentales. Réduit au dernier degré de l'atonie physique, jamais je n'avais éprouvé plus de force morale. Le moment de la crise définitive arriva : Je me sentis comme emporté dans un tourbillon lumineux, au milieu duquel flottaient les figures les plus fantastiques ; et tandis que mon corps était agité de frissonnements convulsifs, à mes oreilles retentissaient les éclats et les sifflements d'une affreuse tempête. Je me cramponnais de toutes mes forces à la vie qui paraissait vouloir m'échapper, lorsqu'enfin mes sensations devinrent si confuses, que je m'abandonnai malgré moi à cet état qui n'était pas sans quelque douceur et je perdis tout sentiment de l'existence. Je ne sais combien de temps j'étais demeuré ainsi, quand tout-à-coup je me réveillai dans un calme extatique : mon corps était parcouru par une foule de sensations voluptueuses, et mes sens, ainsi que mon intelligence m'étaient complètement rendus. En ce moment le médecin, s'étant approché de mon lit, laissa échapper ces mots : tout est fini ! Puis il recouvrit ma figure d'un drap et mes oreilles furent frappées par les sanglots de ma famille éplorée. Alors je voulus parler, faire un mouvement ; je sentis avec horreur que ma langue était fixée à mon palais et que mes membres qui percevaient parfaitement le contact des couvertures qui m'enveloppaient, enlacés par d'invisibles liens, se refusaient à exécuter le moindre mouvement.

Le lendemain on ensevelit mon corps et, durant trois jours entiers, je restai exposé pendant que les amis de ma famille venaient faire leurs visites de condoléance. J'entendais et je comprenais tout ce qui se passait autour de moi, et, de minute en minute, j'espérais vainement que le charme fatal qui pesait sur moi allait être brisé. Le matin du quatrième jour, je fus remis aux mains des ensevelisseurs qui me traitèrent avec la plus révoltante brutalité; et, lorsque l'un deux, pour me faire entrer dans une bière trop étroite pressa de son genoux ma poitrine, j'éprouvai une si cruelle torture que j'eus l'espoir un instant que la possibilité d'exprimer ma souffrance allait m'être rendue. Il me fallut encore y renoncer. La bière fut recouverte et j'entendis bien le grincement des clous qui s'enfonçaient lentement dans le bois. Il me serait impossible de trouver des termes pour exprimer ce que mon âme contenait alors de terreur et de désespoir. Chaque coup de marteau vibrait douloureusement dans ma tête, comme un glas funèbre m'annonçant le destin qui m'était réservé. Encore si j'avais pu crier, si même sans espoir d'être entendu, j'avais pu pousser quelques gémissements! Mais non; tandis que ma poitrine et mes épaules étaient écrasées dans un étroit espace, tandis que je sentais ma tête et mes membres meurtris et déchirés par le dur contact et par les aspérités de la bière, il me fallait rester immobile et sans voix. Je n'aurais jamais cru que, sans se briser, un cœur pût être labouré par d'aussi épouvantables angoisses. Bientôt on me soulève, on me dépose sur un char funèbre qui se mit en marche et on arriva au cimetière. En ce moment je voulus tenter un dernier effort; mais ce fut toujours en vain. Je me sentis balancer au-dessus de la tombe qui allait m'engloutir et tandis qu'on me descendait lentement, je distinguais le bruit que faisait le cercueil en froissant les quatre murailles de terre.

« Quand je fus parvenu au fond de la fosse, j'entendis la voix grave et solennelle d'un ami : il m'adressait un dernier adieu, qui parvint jusqu'à moi comme un dernier écho des bruits de la terre, et, bientôt, un fracas épouvantable qui s'éteignit peu-à-peu, comme les roulements lointains du tonnerre, m'annonça que ma tombe venait d'être comblée. Tout était donc fini! J'étais pour jamais séparé des vivants. Comment ne suis-je pas mort en cet instant terrible?

« Je ne sais combien de longues heures je passai ainsi. J'avais espéré que mes angoisses ne seraient pas de longue durée et qu'une prompte asphyxie éteindrait et mes sensations et mon existence. Je m'étais encore trompé. Je ne pouvais faire aucun mouvement, mon cœur ne battait pas, ma poitrine n'était soulevée par aucune inspiration, et pourtant je vivais, car je souffrais; je vivais, car mon intelligence ainsi que ma mémoire, n'avaient rien perdu de leur énergie.

« Cependant mes tristes pensées furent interrompues

par un bruit lointain qui, d'abord, me plongea dans une anxiété dont je ne pouvais me rendre compte. Le bruit se rapprocha insensiblement, et je sentis mon cercueil arraché des entrailles de la terre. On l'ouvrit et je perçus l'impression d'un froid pénétrant, impression qui me parut pourtant délicieuse, illuminée qu'elle était par un rayon d'espérance. On me transporta pendant longtemps; puis, on me laissa lourdement tomber sur un marbre humide et glacé. Alors j'entendis autour de moi une multitude de voix. Des mains me palpaient en tous sens et un de mes yeux ayant été ouvert par hasard, je me vis au milieu d'un amphithéâtre de dissection et entouré d'un grand nombre de jeunes gens parmi lesquels je reconnus deux de mes anciens compagnons de plaisirs. Je ne saurais dire si, en cet instant, la terreur l'emportait en moi sur la joie. Certes, ma situation était devenue moins cruelle; car il pouvait se faire que les expériences auxquelles on allait me soumettre me rendissent à la vie ou, tout au moins, me donnâssent promptement la mort.

On résolut d'abord de me galvaniser. L'appareil fut préparé et à la première décharge du fluide, mille éclairs jaillirent devant mes yeux, et une commotion terrible ébranla tout mon être. La seconde décharge fut plus énergique encore : je sentis tous mes nerfs vibrer comme les cordes d'une harpe et mon corps se dressa sur son séant, les muscles contractés, les yeux ouverts et fixes. J'aperçus, en face de moi, mes deux amis, dont les traits exprimaient l'émotion et la douleur, et ils demandèrent avec instance que l'on mît fin à ces hideuses expériences. On m'étendit sur une table de marbre, le professeur s'approcha de moi, le couteau à la main, et me pratiqua une légère incision sur les téguments de la poitrine. Au même instant, une révolution épouvantable s'opéra dans tout mon corps; je poussai un cri terrible en même temps que les assistants laissaient échapper des exclamations d'horreur. Les liens de la mort étaient brisés : j'étais enfin rendu à la vie.

22.

En l'année 1706, le parlement de Toulouse avait pour président M. d'Olmond, issu d'une des plus anciennes familles de cette ville. Veuf depuis plusieurs années, il avait une fille unique sur laquelle il concentrait toutes ses affections. A l'époque où commence ce récit, un des régiments en garnison à Toulouse comptait au nombre de ses officiers M. le chevalier de Sézanne, jeune homme d'une haute naissance et d'un mérite supérieur. Il fit la connaissance de mademoiselle d'Olmond, et bientôt il l'aima d'un amour qu'il sut lui faire partager. Tous deux jeunes et beaux, tous deux aimant pour la première fois, égaux en fortune et en naissance, ils s'abandonnèrent avec confiance à un amour qui, grandissant encore pendant une année d'une fréquentation presque quotidienne, finit par révéler tous les caractères d'une de ces passions profondes qui influent fatalement sur toute une destinée. A les voir l'un et l'autre si confiants et si heureux de ce premier amour qui devait être le dernier, qui eût osé leur prédir un avenir funeste?

Les choses en étaient arrivés à ce point, lorsque Louis XIV, voulant récompenser M. d'Olmond de ses services passés, l'appela au poste de président à mortier au parlement de Paris. Six mois plus tard, M. de Sézanne vint aussi dans la capitale avec son régiment, et ce fut avec un inexprimable bonheur qu'il retrouva celle à laquelle il avait voué une si ardente affection. Alors il prit la résolutiou de demander la main de mademoiselle d'Olmond qui lui fut accordée sans difficulté, et on fixa le mariage à nne époque peu éloignée. Quelques jours encore, et les amants allaient être unis, lorsque le régiment reçut l'ordre de se rendre à Brest où se trouvait une escadre qui était sur le point de mettre à la voile pour l'Amérique. Peindre la stupeur dont cette nouvelle frappa les amants serait impossible. Cependant M. de Sézanne ne songea pas un instant à se démettre de son grade; il comprit fort bien qu'agir ainsi à l'heure du danger, c'eut été se déshonorer à jamais; seulement il voulait faire hâter la célébration du mariage, afin d'emmener avec lui sa jeune épouse; mais M. d'Olmond, presuadé qu'il y avait presque folie à laiser une jeune fille de seize ans s'exposer aux hasards d'un long et pénible voyage, non-seulement refusa d'y consentir, mais encore se montra inflexible aux prières du chevalier qui le suppliait de permettre qu'il emportât du moins le titre d'époux de sa fille. Il lui fallut donc se résoudre à s'éloigner, et il partit après avoir échangé avec sa fiancée les serments les plus solennels.

Deux années ne s'étaient pas encore écoulées depuis cette cruelle séparation, que l'on apprit en France que le régiment de M. de Sézanne avait été presque entièrement détruit dans un combat où lui-même avait trouvé la mort. Cet affreux événement plongea mademoiselle d'Olmond dans un sombre désespoir dont aucune consolation ne pouvait la tirer. Pendant longtemps on craignit pour sa vie; cependant sa douleur finit par dégénérer, du moins en apparence, en une douce mélancolie qui abusa son père lui-même. Celui-ci, sentant les années s'accumuler sur sa tête, et craignant de laisser une si jeune fille sans protecteur, se décida à lui proposer un autre époux. A la première ouverture qui lui fut faite à cet égard, le désespoir de mademoiselle d'Olmond parut se ranimer et se révolter contre une proposition qui lui semblait une injure; pourtant vaincue enfin par les instances de son père : « S'il m'était possible, lui dit-elle, de conserver le moindre doute sur la mort de M. de Sézanne, sachez bien, mon père, aucune puissance humaine ne me forcerait à manquer aux serments que je lui ai faits ; mais puisqu'il n'en est point ainsi, puisque ma vie entière ne doit plus être qu'une longue douleur, je ne veux pas, par une coupable résistance, justifier en quelque sorte la rigueur du ciel envers moi. Je ne chercherai donc plus à me dérober à votre autorité et j'accepterai aveuglément l'époux que vous m'aurez présenté. Je saurai remplir envers lui tous les devoirs sans murmure ; mais qu'il n'attende de moi autre chose que soumission et respect, car mon pauvre cœur, brisé par ses chagrins, s'est désormais fermé à tout sentiment de tendresse. »

Quelques mois après, mademoiselle d'Olmond était devenue femme de M. de Saint-Alban, conseiller au parlement. Dans son nouvel état, madame de Saint-Alban sut rester à la fois fidèle à sa douleur et à son mari qui l'aimait de la plus vive affection ; sa beauté admirable semblait encore avoir puisé de nouveaux charmes dans le voile de tristesse répandu sur ses traits. Elle eut une fille qu'elle se prit à aimer de tout l'amour que depuis plus de trois années elle cachait dans son âme, et sa vie illuminée pour ainsi dire par cette affection nouvelle, allait peut-être connaître des jours moins malheureux, lorsque tout-à-coup elle fut atteinte d'une maladie qui la conduisit rapidement au tombeau. Les larmes que versa M. de Saint-Alban furent aussi amères qu'avait été profond son attachement ; il fit élever un magnifique mausolée, près duquel il allait assidûment s'agenouiller et pleurer en pensant à celle qui n'était plus. Les années, en se succédant, rendirent ses regrets moins poignants, sans les éteindre et sans lui faire réformer l'obligation qu'il s'était imposée de visiter fréquemment la tombe de sa femme, surtout à l'anniversaire de sa mort.

Un jour, celui du cinquième anniversaire, M. de Saint-Alban s'était rendu au cimetière pour payer son fidèle tribut à ses regrets. Doucement incliné sur le tombeau, il tenait ses regards attachés sur une miniature, et la vue de ses traits aimés, en reportant sa pensée aux jours si vite écoulés de son heureuse union, avait révélé en lui une foule de souvenirs qui, quoique douloureux, n'étaient pourtant pas sans avoir un certain charme. Tout-à-coup un léger frôlement se fit entendre, et, levant les yeux, il aperçut à quelques pas une jeune femme si parfaitement semblable à celle qu'il avait perdue, qu'il resta quelques instants frappé de stupeur, tandis que celle-ci fuyait précipitamment après avoir laissé échapper un faible cri. Revenu à lui-même, il s'élança à sa poursuite et la vit de loin s'éloigner dans une riche voiture.

Quoiqu'il se crût abusé par une étrange ressemblance, il voulut néanmoins connaître celle dont la vue avait fait sur lui une si cruelle impression. Il apprit que cette jeune dame, originaire d'Italie, n'habitait que depuis peu de mois la France, où elle était venue avec son mari, M. le chevalier de Sézanne.

Ce nom de Sézanne augmenta encore ses doutes, car il se rappelait avoir entendu dire que mademoiselle d'Olmond avait été fiancée à un jeune homme de cette famille. Il songea alors à questionner le gardien du cimetière où sa femme avait été enterrée; il apprit que depuis environ cinq ans, celui-ci avait renoncé à ses fonctions, après avoir fait un héritage considérable, et s'était retiré dans une petite ville où il était mort depuis deux ans. Il se rendit près de la veuve, la questionna adroitement et découvrit que son mari n'avait jamais fait d'héritage et que la source de sa fortune subite lui était inconnue à elle-même. Son anxiété était parvenue à son comble, il pensa enfin obtenir du lieutenant-criminel l'autorisation de faire procéder à une exhumation. Cette permission lui fut accordée ; en sa présence, on creusa la terre ; on en retira le cercueil, on l'ouvrit ; il était vide !

A cette vue, M. de Saint-Alban sentit son cœur inondé de joie, car désormais le doute n'était plus possible : cette étrangère qu'il avait vue était bien évidemment sa femme, rendue à l'existence par un événement tenant du prodige. Comment cela avait-il pu arriver? par quelle suite de circonstances avait-elle été arrachée, vivante encore, du tombeau qui s'était refermé sur elle et où lui-même l'avait vue descendre? C'était là un mystère impénétrable, dont il résolut de chercher l'explication par tous les moyens possibles. Cependant il hésite encore : une pensée déchirante venait de se glisser en lui ; cette femme qu'il avait entourée de tant de soins et de tant d'amour, cette femme sur la tombe de laquelle il avait versé, pendant cinq années, des larmes si amères, avait donc pu l'oublier au point de se livrer volontairement à un autre. Mais il chassa ces tristes réflexions, et se mit à poursuivre l'accomplissement de son œuvre.

Il s'adressa directement au parlement de Paris devant lequel il déposa une demande pour faire déclarer nul le mariage de M. de Sézanne avec mademoiselle d'Olmond, et obtenir la réintégration de celle-ci au domicile conjugal. Pendant ce temps, il sema l'or à pleines mains pour découvrir quelques indices favorables à sa cause. Le jour où il fut appelé à exposer les motifs de sa demande, il prouva, indépendamment de tous les faits que nous connaissons déjà, que cinq années auparavant et le lendemain des obsèques de madame de Saint-Alban, M. de Sézanne, arrivé seulement depuis la veille à Paris, l'avait quitté brusquement, accompagné d'une femme voilée et malade, et s'était retiré dans une ville d'Italie où il était resté.

A tout cela M. de Sézanne opposa les dénégations les plus absolues : il prouva par des actes authentiques, que sa femme était fille de parents italiens et montra son contrat de mariage revêtu de la signature des plus hauts personnages de la ville qu'elle avait habitée. Alors M. de Saint-Alban sortit quelques instants et rentra bientôt accompagné d'un vieillard, portant sur ses traits amaigris, les traces profondes d'une vive douleur. C'était M. d'Olmond qui, frappé au cœur par la mort de sa fille, avait été, depuis plusieurs années, cacher au fond d'une province éloignée son désespoir et les remords que lui inspirait la pensée d'avoir contribué à abréger ses jours en l'unissant, contre son gré, à un homme qu'elle ne pouvait aimer.

L'aspect de madame de Sézanne fit naître en lui une émotion extrême ; les yeux baignés de larmes, il étendit les bras vers elle, en l'appelant d'une voix brisée et en la conjurant de revenir à lui et de ne pas renier son père. En présence d'un spectacle si touchant, madame de Sézanne demeura pourtant impassible et, s'avançant vers lui avec une grande dignité, elle lui dit d'une voix émue : « Pardonnez-moi les cruels souvenirs que ma vue réveille en vous ; je pourrais être fière de vous nommer mon père et je sens qu'il me serait bien doux d'essuyer vos larmes ; mais je dois y renoncer, car ce n'est pas sur moi qu'elles coulent, et le titre que vous me donnez ne m'a jamais appartenu. Depuis quelques jours à peine je suis en France, et, déjà, assaillie par de nombreux persécuteurs, je me vois forcée de défendre contre eux un époux et une famille qu'ils voudraient me ravir. Pourquoi me fait-on subir un si cruel traitement? Ne devais-je donc connaître ce pays que pour apprendre à le détester? »

A ces mots, M. de Saint-Alban comprit que sa cause était perdue, et il s'éloigna précipitamment pour ne pas entendre l'arrêt qui bientôt allait détruire son dernier espoir.

Près d'une heure s'était écoulée depuis l'éloignement de M. de Saint-Alban. Le tribunal était sur le point de prononcer le jugement qui devait donner à M. de Sézanne des droits désormais imprescriptibles sur sa femme qu'un rival voulait lui enlever, quand tout-à-coup un frémissement général parcourut l'auditoire et, de proche en proche, quelques voix s'écrièrent de suspendre l'arrêt. Qu'allait-il donc se passer?

Lorsque M. de Saint Alban avait quitté l'enceinte du parlement, il avait senti son cœur livré au plus horrible désespoir. Il avait compris que l'aveugle justice des hommes, induite en erreur par le calme extraordinaire de sa femme, allait la lui ravir pour toujours; et cependant, aucun doute ne s'était élevé dans son esprit : il était bien sûr de n'être pas abusé par une ressemblance impossible. C'étaient trop bien ses traits, sa voix, son maintien; et son sang-froid, qui avait pu tromper tout un tribunal, ne lui en imposait pas à lui-même; il comprenait qu'elle l'avait puisé dans un amour qui la dominait exclusivement, et peut-être, hélas! dans une haine profonde pour lui.

Rentré dans son hôtel, il s'enfuit jusqu'au fond le plus reculé de ses appartements pour y cacher ses larmes bien amères, car à son chagrin allaient se joindre désormais toutes les tortures de la jalousie.

Tout-à-coup une idée a frappé son esprit ; un dernier rayon d'espoir vient de luire à ses yeux. Il saisit entre ses bras sa fille, enfant âgée de six ans, court comme un insensé jusquau tribunal, et haletant, éperdu, il la dépose aux pieds de madame de Sézanne, sans avoir la force de prononcer une seule parole. Cet espoir ne devait pas être déçu, et l'amour maternel, dominant en cet instant toutes les autres résolutions : Ma fille ! mon enfant !... s'écria-t-elle ; en même temps elle tomba à genoux, la saisit entre ses bras et la couvrit de baisers et de larmes.

Essaierons-nous de peindre la révolution qui s'opéra dans tout l'auditoire et la stupeur qui frappa M. de Sézanne? Cependant au bout de quelques instants, il se remit et ne sentit pas faillir sa résolution bien arrêtée de disputer à cet homme la possession de celle qu'il avait conquise sur la mort. Cherchant de nouvelles forces dans la victoire même qu'il ambitionnait : « Écoutez tous, s'écria-t-il d'une voix altérée mais puissante. Sans doute, je ne tenterai pas de le nier, celle que vous voyez ici est bien ou plutôt a été l'épouse de M. de Saint-Alban ; mais entendez le récit des circonstances miraculeuses qui l'ont mise entre mes bras ;

puis brisez, si vous l'osez, des liens que la main de Dieu lui-même a formés.

Dangereusement blessé dans le combat dont les résultats désastreux firent courir le bruit de ma mort, je fus fait prisonnier et emmené bien loin dans l'intérieur des terres, par des peuplades sauvages qui guérirent mes blessures et me gardèrent au milieu d'elles. Là, bien que je n'eusse à souffrir aucun mauvais traitement, je traînais une existence misérable, car, aux regrets de la patrie absente, se joignait encore comme un vague pressentiment de mon malheur qui s'y accomplissait. Au bout de deux années, mes angoisses devinrent si intolérables, qu'à tout prix je résolus de recrouvrer la liberté. Après vingt essais infrutueux, je réussis enfin à tromper ma surveillance devenue moins active, et en quelques jours je revis le rivage et le vaisseau qui allait bientôt me reporter dans mon pays. Avec quels transports j'aperçus de loin les côtes de la France ! Et quand j'eus touché cette terre si longtemps désirée, j'oubliai mes fatigues et mes souffrances passées, et j'eus hâte de me rendre à Paris, où j'allais embrasser ma mère, où j'allais revoir celle que j'étais sûr de retrouver libre et fidèle. J'arrivai à Paris; entouré des miens, je m'abandonnais au bonheur avec confiance, lorsque l'indiscrétion d'un ami dont tant de fois depuis je bénis le nom, m'apprit en même temps le mariage et la mort de ma fiancée qu'il venait d'accompagner jusqu'au lieu de sépulture, mort arrivée la veille même de mon retour. Cette nouvelle me trouva sans courage; en un instant, mère, parents, amis, tout s'effaça de mon souvenir, pour me laisser seul en présence de mon immense désespoir. Je sentis mon avenir flétri, toutes mes affections brisées, et déjà j'étais résolu à ne pas survivre à mon infortune. Cependant, avant d'attenter à mes jours, je voulus revoir une dernière fois celle que j'avais tent aimée. En vain je me dis que cette vue ne pouvait que redoubler ma souffrance; en vain je me représentai qu'en violant cette tombe, j'allais me rendre coupable d'un acte de profanation envers celle à qui j'avais voué un culte si fervent et d'un crime aux yeux des hommes aussi bien qu'aux yeux de Dieu. J'étouffai ce cri de ma conscience ; loin d'en être effrayé, je m'affermis avec une sombre joie dans l'exécution de mon dessein et il me sembla que j'étais entraîné par une fatalité contre laquelle j'eusse essayé vainement de me débattre. Croyez-vous maintenant que ce fût un crime que j'allais commettre ? Non ! non ! cette voix intérieure qui me poussait malgré moi, c'était celle de la Providence qui m'avait choisi pour réparer une épouvantable erreur des hommes : c'était le ciel qui ne voulait pas permettre que s'accomplît un si effroyable malheur.

Quand une fois cette résolution fut bien arrêtée, je sentis une sorte de résignation renaître dans mon âme, et j'attendis la nuit avec tout le calme que peut inspirer une volonté ferme d'en finir bientôt avec la vie. J'eus soin de me munir d'une forte somme en or, et, dès que je jugeai l'heure favorable, je m'enveloppai d'un ample manteau, et m'acheminai vers le cimetière. Là, à force d'offres et de menaces, je parvins à séduire le gardien, qui me conduisit à la fosse nouvellement fermée, et se mit froidement à l'œuvre, tandis que tous mes membres frissonnaient d'une invincible horreur, au retentissement sourd de la bêche, fouillant profondément la terre. Bientôt le cercueil fut exhumé, et, un instant après les planches désunies me laissèrent apercevoir un blanc linceuil, dessinant vaguement une forme humaine. Le fossoyeur s'éloigna, sur ma demande ; alors je m'agenouillai, j'écartai doucement les plis du drap mortuaire, et une tête couronnée d'une épaisse chevelure apparut à mes yeux obscurcis par des larmes. C'était bien elle, telle que je l'avais vue quatre ans auparavant, pâle, mais belle jusqu'au sein de la mort, dont la main n'avait point osé flétrir les formes si parfaites. Je pleurai, je priai longtemps sur ce triste débris de mon bonheur passé, et je me baissai pour déposer un dernier baiser sur son front. En approchant mon visage du sien, il me sembla sentir ou entendre un léger soupir sortir de ses lèvres ; alors je la tirai du cercueil, et, la sentant entre mes bras, j'attendis quelques minutes dans une inexprimable anxiété. Bientôt il ne me fut plus permis de douter ; elle vivait ! Quelles pensées me vinrent dans ce moment solennel ? Ai-je cru à un miracle ? Que se passa-t-il ensuite ? Je l'ignore ; j'ai conservé seulement un vague souvenir de ma course haletante, et d'un homme qui me poursuivait en vain, et m'appelait, tout en modérant les éclats de sa voix. Quand je revins à moi, quand la raison me fut rendue, j'étais dans une misérable hôtellerie, penché sur le pied d'un lit où reposait doucement la femme que Dieu m'a rendue.

Que pourrais-je ajouter encore? Elle n'opposa à mes projets aucune résistance, car dans sa reconnaissance, je n'ose dire dans son amour, elle comprit que désormais sa vie m'appartenait toute entière. Le lendemain, une chaise de poste nous enleva avec rapidité, et, en quelques jours, nous arrivâmes en Italie. Là encore, le pouvoir de l'or ne me fit pas défaut. J'achetai, pour celle que dès lors je considérais comme ma femme, une famille, un nom qu'elle allait bientôt échanger avec le mien, et enfin je pus l'épouser en présence d'un grand nombre de personnes considérables que j'avais eu soin de réunir, afin de m'assurer au besoin leur témoignage. Je jette un voile sur les quatre années qui suivirent cette union inespérée. Il y a bien peu de temps que nous avons voulu revenir en France, où nous pensions que notre souvenir devait être effacé; et nous avons cédé au désir bien excusable de visiter la tombe qui m'avait généreusement rendu sa proie. Que n'ai-je pu prévoir, hélas! tous les maux que ce fatal désir allait attirer sur nos têtes!

Vous, M. de Saint-Alban, vous qui voulez me ravir un bien que j'ai si chèrement acheté, vous me haïssez sans doute! Eh bien! vous êtes injuste et cruel. Ce n'est pas ma main qui vous a privé de l'objet de vos affections, et c'est ma main qui a réparé un acte qui, si vous l'ussiez connu, eût été pour votre vie entière un éternel sujet de remords et de désespoir.

Et vous, juges, qui tenez maintenant entre vos mains

nos deux destinées, obéirez-vous, dans l'arrêt que vous allez prononcer, à des lois arbitraires qui n'ont point ici d'application? Oh! non, vous entendrez nos voix, vous comprendrez nos angoisses trop souvent renouvelées, vous n'aurez pas la barbarie d'anéantir, par un mot, deux existences pleines d'avenir. Cette femme que vous voyez éplorée et tremblante, c'est mon épouse, même au yeux des hommes. Ces anciens nœuds, dont on vient si tardivement aujourd'hui invoquer les droits, la mort les a déliés, les a rompus. Madame de Saint-Alban est morte; depuis cinq années son nom s'est effacé de la liste des vivants : ici, c'est une existence nouvelle, sortie du néant, c'est une jeune femme inconnue, sans passé, sans famille; c'est le fruit d'un miracle que Dieu a permis en ma faveur. Des hommes, des juges, oseront-ils combattre le décret infaillible de la Providence? »

Dès que M. de Sézanne eut fini de parler, les juges se retirèrent en silence, et ce fut seulement au bout de plusieurs heures qu'ils vinrent proclamer le résultat de leurs délibérations : Mademoiselle d Olmond, femme de M. de Saint-Alban, conseiller au parlement, était condamnée à rentrer immédiatement dans le domicile conjugal.

Ce jugement, quoique dicté par la plus sévère impartialité. n'était cependant pas exécutable.

Étourdi par la situation extraordinaire dans laquelle il se trouvait, aveuglé par son succès inespéré et sans doute aussi par ses ressentiments contre un rival préféré, M. de Saint-Alban devait accepter avec joie un arrêt qui satisfaisait à la fois son amour et sa haine ; mais il ne pouvait en être de même de la fille du président d'Olmond. Après avoir vu renverser en un instant le bonheur qu'elle avait trouvé dans une union que les lois avaient refusé de sanctionner, elle était assez à plaindre, sans aller encore renouer d'odieux liens qu'une délicatesse bien légitime eût repoussés, lors même que son cœur ne l'eût pas impérieusement exigé. Au reste, le tribunal le sentit si bien, qu'il lui accorda facilement l'autorisation, sollicitée avec instance, d'aller terminer ses jours au fond d'un cloître.

Les exemples d'individus qui ont été reconnus avoir été enterrés vivants sont très-nombreux. Bien que quelques-uns d'entre eux puissent être fictifs, d'autres portent le cachet incontestable de la vérité. Ce nombre serait encore plus fort, si, pendant plusieurs années de suite, on eût exhumé tous les morts peu de temps après leur inhumation. Depuis des siècles les fossoyeurs avaient été frappés de la position retournée de certains squelettes, et tous les ans les journaux nous racontent des cas d'enterrements précipités (1). Le Guern, bien

(1) Je viens de lire à l'instant même dans la Gazette des Hôpitaux. du 6 octobre 1849, ce qui suit :

Une mort horrible : sous ce titre, le journal hollandais le *Kamper Courant* raconte le fait suivant, qui est sans doute, comme tous ses analogues, digne d'orner les *Éphémérides des Curieux de la nature :*

« Un voyageur qui vient d'arriver d'Utrecht raconte un

que plusieurs de ses observations puissent être contestées, dit qu'en 1844 il y eut à sa connaissance, en moins de 7 mois, quatre personnes, *dont le décès avait été constaté*, qui furent rendues à la vie au moment de les inhumer, et qu'en 1845, en moins de 8 mois six résurrections semblables eurent lieu. L'auteur ajoute que depuis 1835 il y eut à sa connaissance 46 enterrements auxquels le hasard a le plus souvent mis empêchement. Vingt-un individus, dit-il, se sont réveillés d'eux-mêmes au moment où l'on allait les porter en terre; neuf par suite des soins que leur prodigua une *tendresse trop rare;* quatre par suite de la chute du cercueil; deux par suite de menaces de suffocation dans le cercueil; sept par des retards non calculés

fait qui démontre à quels dangers on s'expose en se hâtant trop d'enterrer les morts ou ceux qui passent pour tels. Un bourgeois avait succombé au choléra après de courtes souffrances; du moins on le croyait mort. Il fut enterré aussitôt que possible, parce qu'on craignait la contagion; mais voilà que l'inhumation terminée, on se rappelle que le défunt, peu d'heures avant sa maladie, avait reçu une somme importante en espèces avec un billet de banque de 100 fl.

Ce dernier manquant à l'appel, et le pauvre homme n'ayant pas été déshabillé (toujours par peur de la contagion), on supposa qu'il l'avait encore dans sa robe de chambre. Aussitôt on fait des démarches nécessaires, et l'on obtient la permission de procéder à une exhumation qui eut pour effet de faire retrouver le précieux billet, mais de constater en même temps que cet homme avait été enterré vivant. Le mort (car il l'était maintenant), se trouvait dans une position oblique, et le désespoir lui avait fait manger trois doigts.

dans la cérémonie des funérailles. *Et le décès de tous ces citoyens avait été officiellement constaté !*

Bruhier, dans son ouvrage sur l'*Incertitude des signes de la mort,* donne l'histoire de plus de 260 individus morts en apparence. Combien n'a-t-on pas trouvé de personnes dans une position insolite lors de l'exhumation générale qui fut opérée au cimetière des Innocents : les unes retournées et les autres arc-boutées sur leurs coudes et les genoux, dans l'attitude du soulèvement ?

Le numéro 522 des *Notices* de Froriep renferme une communication de New-Vork, qui mentionne que sur 1,200 personnes enterrées, six avaient été plongées dans nne mort apparente, ce qui donne la proportion de 1/2 p. 0/0. Qui ne frémirait pas, si cette proportion se maintenait partout ; elle serait encore terrible si elle s'élevait à 1 sur 1,000. Et n'y eût-il qu'un seul homme d'enterré vivant chaque année dans un pays, ce malheur exigerait déjà, de la part de l'Autorité, les précautions les plus scrupuleuses.

CHAPITRE XIV.

CÉRÉMONIES FUNÈBRES CHEZ CERTAINS PEUPLES.

Nous allons maintenant citer quelques cérémonies funèbres chez certains peuples, cérémonies dont plusieurs, après examen, ne paraîtront pas aussi bizarres ni aussi absurdes qu'il semblerait au premier abord; car on peut supposer, avec plus ou moins de justesse, qu'elles n'étaient que des mesures grossières de précaution pour empêcher la résurrection dans la tombe.

Les Grecs et les Romains regardaient comme une calamité de ne pas être déposés, après la mort, dans la sépulture de leurs pères; aussi les personnes qui voyageaient à l'étranger, prenaient-elles grand soin que leurs restes mortels fussent rapportés à leur famille. Croyant de plus que les ombres de ceux qui n'avaient pas été enterrés, ne pouvaient traverser de suite le Styx pour entrer dans l'Elysée et qu'elles devaient errer d'abord pendant cent ans sur les rives du fleuve infernal, l'inhumation soit du corps, soit des cendres, était devenue, chez eux, quelque chose d'absolument nécessaire. C'était encore par respect pour cette opinion que, s'ils ne parvenaient pas à découvrir les restes de leurs amis, ils élevaient à leurs mânes un tombeau vide (*tumulus inanis*, *cenotaphium*) avec toute la solennité des pompes funèbres. Mais, malgré leur sollicitude religieuse à cet égard, il y avait quelques individus qu'ils jugeaient indignes de sépulture et auxquels ils la refusaient : tels étaient les conspirateurs et les traîtres à la patrie, les tyrans, ceux qui s'étaient rendus coupables du crime de sacrilége, ceux qui mouraient sans payer leurs dettes, etc. Les personnes tuées par la foudre étaient enterrées à l'endroit même où elles avaient été frappées. Ceux qui se suicidaient étaient inhumés avec tous les honneurs qui leur étaient dûs ; on respectait leur testament et leurs dernières volontés. On coupait, au contraire, la main et on refusait une sépulture à tous les criminels qui se tuaient pour échapper au châtiment que la justice leur avait infligé.

Les Grecs, dans les commencements, enterraient leurs morts ; plus tard ils les brûlaient. Par cette dernière cérémonie qui avait quelque chose de touchant et d'instructif, même encore pour nous, ils croyaient purifier l'âme et la ramener à son état primitif. Ils procédaient de la manière suivante : L'homme une fois décédé, on le plaçait sur son séant ; on l'embrassait et on lui fermait les yeux ; ensuite on le lavait et on le frictionnait d'onguents parfumés ; puis on l'habillait de blanc, on lui mettait dans la bouche une pièce d'argent ou d'or et dans la main un gâteau fait de farine et dé miel ; la pièce, pour payer Caron, le nautonnier qui devait transporter l'ombre au-delà du Styx, et le gâteau, pour apaiser la fureur de Cerbère, gardien des portes de l'Enfer. Enfin on couvrait la tête de couronnes et de guirlandes. Le mort était exposé dans le vestibule près de la porte, les pieds dirigés vers celle-ci. Les assistants poussaient souvent des cris pour rappeler à la vie le défunt, plongé peut-être dans une mort apparente. Ces cris étaient encore répétés avant l'incinération.

La mort d'un homme ayant eu lieu, un crieur public l'annonçait dans les rues. La maison mortuaire était désignée par une branche de cyprès ou de chêne que l'on y attachait ; à sa porte il y avait un vase rempli d'eau pour que ceux qui avaient touché au mort pûssent se laver. *Ordinairement on gardait le cadavre pendant sept jours*. Il n'y avait exception que pendant une épidémie contagieuse ou pendant la guerre. Le huitième jour, le matin de bonne heure, ou pendant la nuit, à la lueur des torches, les plus proches parents portaient le décédé sur une civière au bûcher. A la tête du convoi marchaient des trompettes, des joueurs de fifre, des chanteurs et des femmes gagées pour pleurer et pour entonner l'éloge du défunt. On recueillait les larmes dans des vases de verre particuliers que l'on mettait en terre avec le mort. Si le visage de celui-ci n'était pas défiguré, on ne le couvrait pas ; dans le cas contraire, on le cachait sous un drap. Quelquefois on fardait celui des femmes et des jeunes filles mortes et, s'il était mutilé on lui appliquait un masque. Ceux qui suivaient étaient ordinairement très-nombreux. Les femmes qui portaient le deuil laissaient tomber leurs cheveux sur leurs épaules; elles les arrachaient aussi parfois ou les couvraient de poussière et de cendres; souvent elles déchiraient leurs vêtements. Les hommes se laissaient tantôt pousser la barbe et les cheveux, tantôt ils les coupaient pour les placer sur le mort et les faire brûler ensuite avec lui. Les fils du décédé suivaient le convoi, vêtus de noir et la figure couverte; les filles, au contraire, voilées dans les circonstances ordinaires de la vie, étaient habillées de blanc et sans voile. Les habits de deuil qu'elles portaient dans la maison pendant l'exposition du cadavre étaient également brûlés. Le bûcher, selon le rang et la dignité de la personne décédée, était construit plus ou moins grand, en forme d'autel et en bois mou, non travaillé. Dans les temps plus modernes on le préparait élégamment en l'ornant en même temps de peinture. Autour du bûcher on plaçait des cyprès et d'autres végétaux odorants, pour corriger l'odeur du cadavre en combustion, décoré lui-même de fleurs et de couronnes. Après avoir embrassé le décédé en guise d'adieux, on lui ouvrait encore une fois les yeux; ensuite on lui criait aux oreilles et les plus proches parents ou les amis, le visage détourné, allumaient le bûcher. Ces derniers jetaient dans les flammes plusieurs objets qui, pendant sa vie, avaient été chers au défunt, tels que ses habits, ses armes, etc. Les assistants, à leur tour, y jetaient des substances aromatiques, comme de la myrrhe, de l'encens et des épices. Les animaux que le défunt avait aimés étaient immolés et brûlés ensuite; parfois des esclaves et des prisonniers subissaient le même sort. Ses amis et ses maîtresses se sacrifiaient quelquefois volontairement. Le convoi funèbre marchait trois fois autour du bûcher. Lorsque le corps avait été suffisamment brûlé et que le bois avait cessé de flamboyer, on ramassait avec attention les os, on les arrosait avec du vin et on s'en servait pour éteindre les charbons encore ardents. Enfin, les amis les plus intimes recueillaient de nouveau ces ossements, les lavaient avec du vin, du lait ou des liquides parfumés, les enveloppaient dans un drap et, assez souvent, les femmes mettaient un fragment de ces restes précieux dans leur sein. Le neuvième jour on broyait les os, on les mêlait avec de la poussière d'or dans un vase d'argile, de marbre ou d'asbeste et on les enterrait en les exposant vers l'Orient. Ordinairement on mettait une pierre avec une inscription à l'endroit de la tombe et on la couvrait de fleurs, surtout d'hyacinthes et d'amaranthes.

Les tombeaux des pauvres étaient simplement creusés dans la terre; ceux des riches précieusement murés. On y suspendait en outre des lampes dont on entretenait pendant quelque temps la flamme.

Pour rehausser l'éclat de la cérémonie, il y avait encore, lors de l'enterrement des cendres, des repas funèbres. Souvent le décédé léguait à cet effet, par testament, une certaine somme; quelquefois on renouvelait ces festins à l'anniversaire de la mort et, à cette occasion, on se rappelait la perte et les qualités du défunt.

Les pratiques des Athéniens à l'égard des citoyens morts pour la patrie sur le champ de bataille étaient si touchantes qu'il nous est impossible de ne pas leur accorder ici une attention toute particulière.

Trois jours avant les funérailles on mettait leurs restes sous une tente, construite exprès, afin que tout le monde pût avoir l'opportunité de leur faire encore une visite et de leur payer le tribut d'une dernière larme. Autour de la tente on répandait toute sorte d'herbes et de fleurs odorantes. Chaque visiteur en apportait également pour les consacrer aux mânes de son ami. Le quatrième jour, chaque tribu envoyait un cercueil en bois de cyprès destiné à emporter les ossements de leurs concitoyens. Venait ensuite un corbillard vide et recouvert, en souvenir de ceux que l'on n'avait pu retrouver. Le cortége s'avançait en manifestant une affliction pleine de dignité ; il était suivi de la foule qui portait également le deuil. Les parents des décédés attendaient au tombeau en pleurant. Tous les yeux versaient des larmes et le chagrin qui se peignait sur les visages des membres de la même famille ne paraissait que le reflet des sentiments dont tout le monde était pénétré. Le monument élevé au patriotisme de ces citoyens était orné de colonnes, de trophées et d'inscriptions. La cérémonie se terminait par un *seul* discours en l'honneur de tous, discours dont le but principal était d'exciter le courage des survivants en exaltant celui des morts et de fortifier l'esprit national en célébrant le principe qui engage le citoyen à mourir pour son pays.

Les funérailles des Romains ressemblaient beaucoup à celles des Grecs. Dans les premiers temps ils enterraient leurs morts, mais ils adoptèrent bientôt la coutume de les brûler. Cependant ce ne fut que vers la fin de la République que cette pratique devint générale, car la loi des Douze-Tables défend encore expressément la combustion et l'inhumation dans l'intérieur de la ville (*Hominem mortuum in urbe ne sepelito neve urito*). Sylla fut le premier de la famille Cornelia qui ait été mis sur le bûcher, tandis que son adversaire Marius avait été enterré.

Les Romains que l'on inhumait étaient en général revêtus de la plus belle robe dont ils eûssent fait usage pendant leur vie, la toge blanche. Celle des pauvres était noire ; celle des magistrats et militaires pourpre (*toga prætextata*). La loi des Douze-Tables permettait à cette occasion de placer des couronnes sur la tête de ceux qui les avaient méritées et on jetait des guirlandes et des fleurs sur leur corps au moment où il passait. Les funérailles des grands hommes se faisaient aux frais de l'Etat. Les corps des esclaves, au contraire, étaient perpendiculairement enfoncés dans des trous appelés *puticuli*.

Selon Servius, le commentateur de Virgile, les Romains gardaient les cadavres pendant neuf jours avant de les livrer aux flammes ou à la terre. Pendant ce temps le décédé était exposé dans la maison mortuaire et on brûlait autour de lui de l'encens et autres substances odorantes. La loi des Douze-Tables défendait l'inhumation avant le neuvième jour. Ce délai écoulé, un crieur invitait le public à assister aux funérailles du défunt. (*Exequias L. Tit. L. filii, quibus est commodum ire, jam tempus est. Ollus* (*i. e. ille*) *ex ædibus effertur.*)

Il était permis à tout citoyen romain de se faire enterrer ou de se faire brûler. Celui qui choisissait ce dernier mode était, après sa mort, porté sur un petit lit à la tribune aux harangues où le plus proche parent prononçait son éloge (*Laudabat defunctum pro rostris*) ; de là au bûcher. Avant la combustion on lui coupait un doigt (*membrum abscindere mortuo ad quod servatum justa fierent*).

Le corps une fois brûlé, on éteignait les tisons avec du vin, et on ramassait les os que l'on mettait avec les cendres dans des urnes pour les enterrer ensuite. Des pleureuses (*præficæ*), pendant la marche du convoi, poussaient de temps à autre des cris (*Conclamationes*) pour rappeler à la vie ceux qui auraient été plongés dans une mort apparente. Pour le même motif on lavait les morts avec de l'eau chaude, quelquefois avec de l'huile, et il y avait à Rome des hommes spécialement chargés de cette fonction (*Pollinctores*).

Pline dit positivement au sujet de plusieurs de ces pratiques : « Hanc esse causam ut mortui et calidâ « abluantur et per intervalla conclamentur, quod solet « plerumque vitalis spiritus exclusus putari et homines « fallere. »

Quintilien raconte que, pour s'assurer de la réalité de la mort on poussait des cris perçants et des lamentations bruyantes : « Undo putatis, dit-il, inventos tardos fu-

« nerum apparatus ? Unde quod exequias planctibus,
« ploratu magnoque semper inquietamus ululatu quam
« quod vidimus frequenter post conclamata suprema
« redeuntes (DECL. VIII). »

La cérémonie de la combustion achevée, la plus âgée des *præficæ* s'écriait *Ilicet* et la foule prenait congé du défunt en disant : *Vale, vale, vale!*

De tous les peuples de l'antiquité, les Egyptiens eurent le plus d'égards pour les morts. Si un d'eux mourait, ils en portaient le deuil pendant 40 à 70 jours, et pendant ce temps on embaumait son corps. L'embaumement terminé, le cadavre était rendu aux parents qui le plaçaient dans une boîte ouverte, gardée ensuite dans la maison ou dans le sépulcre de famille. Mais avant de l'y déposer, il subissait un jugement solennel auquel les rois eux-mêmes ne pouvaient se soustraire : une condamnation les privait des droits de sépulture ; du reste, les Egyptiens prenaient plus de soins de leurs tombeaux que de leurs maisons.

D'après Hérodote, les Perses n'inhumaient pas leurs morts, avant que l'odeur répandue par leurs cadavres n'eût attiré les oiseaux de proie. Les Babyloniens pleuraient les leurs comme les Egyptiens ; ils les couvraient en entier avec de la cire et remplissaient le cercueil de miel. Les Colchiens les enveloppaient dans des peaux d'animaux et les suspendaient ensuite aux arbres. Les Syriens, tantôt les embaumaient avec de la myrrhe, de la cire, du sel, du bitume et des gommes résineuses ; tantôt les desséchaient en les exposant à la fumée provenant de la combustion du bois de sapin.

Les Ichthyophages les jetaient à la mer pour rendre à l'eau la nourriture qu'ils en avaient reçue.

Il existait chez d'autres peuples de l'antiquité des coutumes barbares; ainsi les Médes, les Italmènes, les Sogdiens, les Bactriens et autres peuplades de la mer Caspienne faisaient dévorer leurs mourants par des chiens. « A cet effet on élève et dresse chez eux, dit Strabon, certains chiens qu'ils désignent dans leur idiome par un mot qui signifie *fossoyeur*, et auxquels ils livrent tous ceux à qui la vieillesse ou la maladie ont enlevé les forces. »

Les Peddées avaient la coutume de tuer sur-le-champ et de faire manger ensuite par les proches parents tous ceux qui tombaient gravement malades, prétendant que la chair d'un homme mis à mort de cette manière serait meilleure et plus friande que si la maladie eût duré plus longtemps.

Les rits funèbres des Hébreux étaient solennels. Bien que les Juifs orthodoxes aient aujourd'hui hâte d'enterrer leurs morts le plus tôt possible, le *Talmud* ordonne cependant expressément d'attendre trois jours, et le *Sepher Chajim* veut que les personnes décédées pendant les couches ou par suite d'hémorrhagie, de faiblesse nerveuse et de syncope ne soient pas regardées et traitées comme de *véritables morts* avant l'apparition des symptômes de la putréfaction.

Les Gaulois et les Germains imitaient les Grecs et les Romains : ils brûlaient leurs morts. Les premiers leur donnaient des convois pompeux et sacrifiaient sur le tombeau du défunt tout ce qu'il avait aimé pendant sa vie. Les Germains faisaient moins de cas des cérémonies funébres : chaque mort emportait ses armes ; souvent même on brûlait son cheval. Regardant les monuments comme des marques d'honneur trop lourdes, ils les remplaçaient par un simple et modeste gazon. Cependant postérieurement au siècle de Tacite, ils descendaient différents outils dans la tombe ; persuadés que les âmes retrouvaient dans l'autre monde tout ce qu'on avait enterré avec le corps. Voilà pourquoi on laissait à l'homme ses armes, et à la femme ses ornements. Ces objets étaient mis en partie brisés, en partie entiers dans l'urne qui contenait les cendres.

Chez les premiers Chrétiens, les morts, dépouillés de leurs vêtements, étaient lavés avec de l'eau tiède ; puis, dans l'intention de mettre le corps autant que possible à l'abri de la putréfaction, on l'oignait d'huile mélangée de sel, de salpêtre et d'espèces aromatiques. Croyant ne pouvoir différer, sans motifs puissants, les honneurs dûs aux décédés, ils s'attachaient beaucoup à une inhumation prompte. Ils paraissaient aussi avoir adopté le préjugé païen que les âmes restaient sur la terre pendant tout le temps que le corps n'était pas inhumé, et qu'elles y erraient sous forme d'*ombres*.

Du temps de l'empereur Théodose le Jeune, la combustion des morts contre laquelle les premiers prédicateurs avaient élevé leur voix, était déjà presque abolie. Charlemagne porta cette manie de conversion encore plus loin ; il défendit aux Saxons, sous peine du glaive, de les brûler. De cette époque date l'abolition de l'usage de détruire les cadavres par le feu. Il est difficile de dire pourquoi les souverains et le clergé d'alors ont cherché si ardemment à faire disparaître un rit en aucune façon répréhensible. Il est vrai que saint Paul dit : « *Que nos corps sortiront glorifiés de la tombe.* » (Con. 1, 13, 38) ; que par conséquent, nous en sortirons avec nos propres corps. Mais quand même nous accepterions cette assertion, il se passe néanmoins une grande métamorphose dans nos organes : ils se pourrissent au sein de la terre, et (les os et les cheveux exceptés) tout s'y décompose. Dans l'incinération le même procédé a lieu, si ce n'est qu'il s'opère d'une manière plus rapide.

Les Turcs ont eu, de tout temps, la coutume de laver leurs morts avant de les enterrer. Comme leurs lotions sont complètes et qu'aucune partie n'échappe à l'attention de ceux qui assistent à cette triste cérémonie, il arrive qu'ils sont assez souvent à même de découvrir si un homme est ou non réellement mort; car, entre autres épreuves, ils examinent si le sphincter de l'anus a perdu sa contractilité. Si ce muscle la posède encore, ils chauffent le corps et essaient de le rappeler à la vie. Sinon, après l'avoir lavé avec de l'eau de savon, ils l'essuient, le lavent de nouveau avec de l'eau de roses et autres liquides aromatiques, le couvrent d'une draperie plus ou moins riche, selon les fortunes, et le couchent sur un tapis étendu dans le vestibule de la maison.

Les Samarathes portent ceux qui sont mortellement malades aux bords d'une rivière pour les y laisser mourir; d'autres leur bouchent en outre les narines, les oreilles et l'orifice buccal avec de la colle. Les habitants de l'île de Palme déposent celui qui est sur le point de mourir, dans une caverne, l'y mettent sur une peau de chèvre, placent un cruchon de lait à ses côtés et l'abandonnent ensuite pour toujours.

Les Parsis couchent leurs mourants sur un banc de gazon et les y laissent expirer tranquillement.

Les rits funèbres des Indiens diffèrent beaucoup selon les tribus qui les composent et selon leur degré de civilisation; car quelques-uns d'entre eux brûlent immédiatement leurs morts après qu'ils ont rendu le dernier soupir et d'autres les livrent aux oiseaux de proie. Du reste beaucoup d'Indiens pincent le nez du mort, lui compriment la région de l'estomac, lui versent de l'eau froide à la figure et font devant lui un grand vacarme avec des tambours et des trompettes pour s'assurer de la réalité de la mort. Les habitants du Bengal jettent dans le Gange non-seulement leurs morts mais aussi leurs agonisants pour que ces derniers puissent se procurer l'immense avantage de rendre leur âme au milieu des eaux sacrées de ce fleuve.

Les veuves des Indous se sacrifiaient et se sacrifient encore quelquefois avec le corps de leurs maris décédés. Cette cérémonie barbare avait lieu de deux manières différentes, selon les sectes religieuses de ce pays. Le cadavre devait-il être détruit par l'incinération, la veuve, quelques jours avant de se livrer aux flammes, s'abstenait de toute espèce de nourriture. Il ne lui était permis que de mâcher un peu de betel ; puis elle se parait de ses plus beaux vêtements et de ses plus précieux bijoux, son dernier plaisir de femme sur cette terre. Ainsi habillée et assise sur un palanquin, elle était portée de chez elle au bûcher funéraire. Là se trouvait déjà le corps de son mari qui, en considération de la sainteté de l'acte, n'était pas, comme à l'ordinaire, lavé par des gens de la plus basse classe, mais par d'autres Indous. Après les lotions on l'enveloppait dans de la mousseline. Alors commençait la procession à la tête de laquelle marchaient des danseuses suivies de musiciens; venaient ensuite les Bramines au milieu desquels se trouvait l'héroïne malheureuse dont ils chantaient le dévouement. Arrivée au lieu du supplice elle mettait pied à terre; entourée de quelques parents, et tenant à la la main un citron garni de clous de girofle, elle s'avançait d'un pas ferme et calme, déposait ses vêtements, prenait un bain dans un réservoir d'eau et s'approchait ensuite avec une dévotion grave du corps de son mari placé devant un brâsier, et caché jusqu'alors par une cloison de nattes. Elle remettait enfin aux parents éplorés ses bijoux et faisait trois fois le tour du cadavre en s'inclinant respectueusement devant lui. Après avoir fait ses adieux, on lui apportait une cruche d'huile et pendant qu'on lançait son mari dans le feu, elle la versait sur elle en se précipitant dans les flammes. De grands bruits de la part des femmes et une musique étourdissante d'instruments à vent étouffaient les gémissements de la victime. Les assistants jetaient des brandons sur elle et en peu de minutes elle était réduite en cendres.

L'autre secte religieuse enterrait les veuves d'une

manière qui n'était pas moins terrible que celle dont nous venons de parler. L'épouse s'asseyait dans la fosse préparée pour son mari, prenait celui-ci entre ses bras et on la couvrait ensuite de terre jusqu'au cou. On lui voilait le visage pour cacher à la foule la vue de l'angoisse qui s'y peignait. On faisait boire ensuite à la victime une boisson narcotique, on lui tordait rapidement le cou et on la couvrait totalement de terre. Ce genre d'enterrement était un peu modifié chez une certaine classe du bas peuple. Voici comment : Au-dessus de la fosse renfermant le cadavre du mari, on dressait un échafaudage qui ne reposait que sur de faibles piliers et qui portait en haut, à son centre, un gros et lourd panier de terre. Après la solennité, la veuve entrait dans la fosse et s'y tenait debout ; elle donnait le signal et, au même instant, on retirait les piliers, la grande masse de terre tombait et ensevelissait la victime avec son mari.

Dans le royaume de Siam, aussitôt qu'un homme est mort, on lui verse du mercure dans la bouche ; ce métal, selon les habitants de ce pays, doit dévorer les viscères et protéger le cadavre contre la putréfaction. Les Tartares bouchent toutes les ouvertures naturelles du corps pour atteindre le même but. A Formose, l'enterrement n'a lieu qu'au bout de trois ans ; les morts sont d'abord exposés dans leur domicile sur une espèce d'échafaudage au-dessous duquel on allume du feu pour les dessécher. Au bout du neuvième jour, on les enveloppe dans des nattes et on les garde ainsi pendant trois ans.

En Chine, un parent ou un ami étend son habit sur celui qui vient de mourir et le cadavre reste ainsi couché pendant trois jours *pour attendre le retour de son âme*. Les Chinois de distinction, au contraire, restent, après leur mort, pendant plusieurs mois sur un lit de parade avant d'être enterrés. Les insulaires de Socotare s'imaginant qu'il n'y a pas de différence entre les morts et les mourants, mettent déjà en terre ces derniers qui n'en sont nullement surpris puisqu'ils en ont fait autant à leurs parents. Kramschannikow rapporte des Kamtschadales et des Kalmouques qu'ils nourrissent leurs chiens avec les cadavres de leurs morts. Aussitôt qu'un homme est décédé, dit-il, on met autour de son cou une courroie, on le traîne hors de la maison et on le livre aux chiens dans l'espoir d'en élever de bons capables de remplacer les chevaux. Ces animaux, extraordinairement friands d'une semblable nourriture, attaquent aussitôt le bas-ventre du cadavre, en arrachent les intestins et les mangent.

Les hordes sauvages de l'intérieur de l'Ethiopie, lorsque leurs vieillards et leurs malades ne peuvent plus les suivre, leur mettent autour du cou une queue de vache avec laquelle leurs plus proches parents les étranglent, s'ils ne s'étranglent pas eux-mêmes. Cette exécution achevée, ils attachent la tête du mort à ses pieds, le portent sur une colline et, au milieu de grands éclats de rire, lui jettent des pierres jusqu'à ce qu'il en soit tout à fait recouvert. Puis ils plantent une corne de bouc pour en marquer la place et s'éloignent sans émotion aucune.

Lorsqu'un sauvage de la baie d'Hudson se sent épuisé par la vieillesse, on creuse pour lui un fossé dans lequel il descend tranquillement en fumant sa pipe, s'y entretient encore quelque temps avec ses enfants et finit par leur dire : Je suis prêt. Ceux-ci lui mettent à l'instant une corde autour du cou, l'étranglent et s'en vont avec la conscience d'avoir rempli un devoir religieux.

Chez les Caraïbes, si un des leurs est décédé, les parents cherchent à s'assurer de toutes les manières possibles de la réalité de sa mort ; mais comme il s'écoule souvent un certain laps de temps avant qu'ils ne soient tous arrivés de leurs contrées lointaines, on prend soin de la conservation du cadavre ; puis on commence des lamentations mêlées d'entretiens dont voici un exemple :

« Tu pouvais faire si bonne chère ; il ne te manquait
« ni manioc, ni patates, ni bananes, ni ananas ; d'où
« vient-il donc que tu sois mort ?

« Tu étais si considéré dans ce monde ; chacun avait
« de l'estime pour toi ; chacun t'honorait ; pourquoi
« donc es-tu mort ?

« Tes parents te faisaient mille caresses ; ils avaient
« tant de soins que tu fusses content ; ils ne te lais-
« saient manquer de rien ; dis-nous pourquoi tu es
« mort ?

« Tu étais si nécessaire au pays ; tu t'étais signalé
« en tant de combats ; tu nous mettais à couvert de
« toutes les insultes des ennemis ; pourquoi donc es-tu
« mort ? »

On met ensuite le corps sur une chaise dans un fossé profond que l'on couvre avec des planches et des nattes après y avoir déposé une provision d'aliments pour dix jours et en prenant soin que l'air puisse y circuler librement ; ce n'est qu'au bout de ces dix jours qu'on bouche le fossé avec de la terre.

FIN.

TABLE DES MATIÈRES.

FIN DE LA TABLE.

Ouvrages du même auteur.

TABLEAUX SYNOPTIQUES

des signes fournis

PAR L'AUSCULTATION ET LA PERCUSSION,

Et de leur application au diagnostic

DES MALADIES DES POUMONS ET DU CŒUR.

Pour paraître prochainement :

HYGIÈNE DE LA FEMME,

suivie

DE PRINCIPES D'ÉDUCATION PHYSIQUE ET MORALE

DES ENFANTS.

Montmartre — Imp. Pilloy.